全世爱

— 典藏版 —

苏小懒 著

民主与建设出版社
·北京·

© 民主与建设出版社，2021

图书在版编目（CIP）数据

全世爱：典藏版 / 苏小懒著. --北京：民主与建设出版社，2021.4
ISBN 978-7-5139-3455-8

Ⅰ.①全… Ⅱ.①苏… Ⅲ.①长篇小说-中国-当代 Ⅳ.①I247.5

中国版本图书馆CIP数据核字(2021)第056593号

全世爱 典藏版
QUAN SHI AI DIANCANG BAN

著　　　者	苏小懒
责任编辑	王　颂
策划编辑	田渊源
封面设计	杨　平
内芯设计	杨　露
出版发行	民主与建设出版社有限责任公司
电　　　话	（010）59417747 59419778
社　　　址	北京市海淀区西三环中路10号望海楼E座7层
邮　　　编	100142
印　　　刷	湖南天闻新华印务有限公司
版　　　次	2021年4月第1版
印　　　次	2021年4月第1次印刷
开　　　本	880毫米×1230毫米　1/32
印　　　张	7
字　　　数	203千字
书　　　号	ISBN 978-7-5139-3455-8
定　　　价	38.00元

注：如有印、装质量问题，请与出版社联系。

谨以此书
献给木木

♥ ♥ ♥

感谢你
给了我一直
都想要的生活

目 录

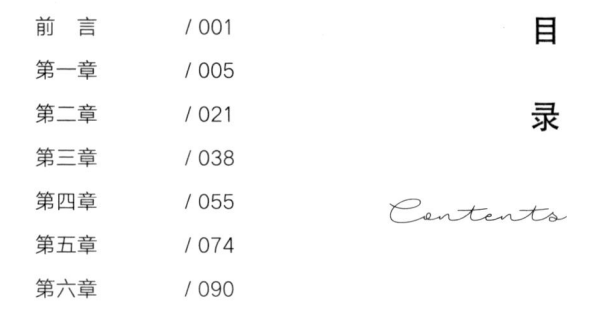

Contents

前　言	/ 001
第一章	/ 005
第二章	/ 021
第三章	/ 038
第四章	/ 055
第五章	/ 074
第六章	/ 090

第七章	/ 109
第八章	/ 126
第九章	/ 145
第十章	/ 162
第十一章	/ 180
第十二章	/ 198
后　记	/ 213

── 前言 ──

平生最怕的几件事，

写文章就是其中一件。

以这篇文章作前言，

此时此刻也不知道说这些算不算是废话，

就当作《全世爱》的引子吧。

文 / 木木

❶

　　小懒是一个讲故事的高手，更是一个笑话大师，一件看似平凡的生活小事在她笔下也会立刻变得生动起来。她也像一个大厨，简单的一根黄瓜能雕出花来。

　　——用现在比较流行的话来说，我和小懒都属于无土时代的人，远离故土，在陌生的城市里工作、生活，本不该相遇的两条平行线，因为某一天的偶然相遇而相恋，原本说话隔着至少两米远的人，现在已经在准备庆祝结婚三周年纪念日了。

　　接着有了《全世爱》里的那些故事。爱情，也在平凡中，逐步酝酿着、发酵着。

❷

　　我想我和小懒是属于很容易满足的人。

　　简单的一个动作、一个眼神、一个微笑就能让对方开心一天。过往的日子在不经意间慢慢流逝，回过头来看，那些感动在记忆的瞬间已经定格，就像镌刻在银器上的花纹，愈摸愈光亮。

　　遇到小懒之前，下班后，如果有时间，我总喜欢在离住所还有两站地的地方下车，慢慢地走回去，什么也不想，观察着湮没在城市霓虹灯里的那些表情，任由思维飞跃，一切总变得简单而轻快。直到多年后，听到陈楚生那首成名曲，才感同身受，原来在那个场景里自己也是这个城市水泥森林里的一部分。

但与小懒相遇后，很多轨迹都在不经意间转变，原来呼朋唤友的周末变成了以做家务为中心，逛街为一个基本点的生活。我们会为了共同喜欢的偶像胜出而疯狂、欢呼雀跃，更会为了那些压根儿不存在的借口纵容对方暴饮暴食。

一切在无序中慢慢变得规律，生活也在规律中变得从容。

❸

在一起久了，俩人的生活惯性都在不自觉地操纵和影响着对方。原先自认为强势霸道的自己，在与小懒混久了以后，阵地渐失，最后发现这些标签都已转移到她身上；自认为是一个吃水果能手，但能从小懒嘴里抢下一个苹果就是一件超级幸运的事情。

我俩的"恶习"也不断地转移到了对方的身上。

我学会了北方人大葱蘸大酱的吃法，也学会了小懒式的骂人绝技；而小懒学会了酱油和糖放一起时是一种十分美味的调料，也认同了青柠果蘸酱油吃是一种至上的美味的观点。

❹

所以，现在想想，缘分真是一种妙不可言的东西，突然有一天就降临在了互不相识的两个人身上。

前二十年的孤单，换来了余生的共度，或许在喜怒无常的平凡中，一切才会格外美丽吧。

希望在几十年后，彼此也都能够依然站在幸福的最光亮处。

❺

事实上，对于我而言，《全世爱》完全是一部自己的糗事全集。

不过在小懒相继"美化和丑化"之下，一时间各种对于木木的想法和企图都风生水起。作为主角的我，没想到生活里的糗事能够让这么多读者开心。

难道我就像历史里的那颗"荔枝"，就为了博得贵妃的一笑吗？

无所谓啦，故事是简单的，生活也是平凡的，但关键还是在于怎么用心经营吧。如果这些给热爱生活的你们带来了快乐——那也值得了。

小懒，是这样的吧？

❻

小懒最终能将《全世爱》写完，也正是因为大家的热情和鼓励才能坚持下来。现在书已完成，小懒可以安心吃她的水果和看那些重播无数遍的肥皂剧了。木木终于不用忍受小懒为了段子而进行的每天例行的严刑逼供，终于可以每天安心玩自己的足球游戏看自己喜欢的影碟了。

今天早上听小懒说："木木，论坛里有人想见你，想看你写的文章，还想花钱租你几个小时。"我有些愣神，接了一句："这次我们的房贷有着落了……你可劲租吧。"

——虽然自己一时还接受不了这种转变，但在这篇序言里还是要感谢大家对《全世爱》的喜爱，也希望大家能像木木和小懒一样得到自己的幸福和快乐。

在《全世爱》里，木木一家仿佛成了明星家庭，木木、木木妈妈、木木爸爸，甚至是木木同学……都在小懒的笔下生动起来，好玩的、有趣的乌龙事件和闹剧不断在这个家庭中发生。

这本书里记录了木木和小懒在匆忙步履中的那些平淡和纯美风景，长长短短的故事，短短长长的心情，在你随手翻阅中，也许会获得一份似曾相识的感动和甜蜜。

❼

朱德庸的《涩女郎》里有一段对爱情的描述颇为适合木木和小懒："完美的

爱情需要两个不完美的情人共同完成。"这就像《全世爱》开篇里写的一样，大女人般的小懒和小男人般的木木就是两个典型的不完美情人，都有各自的缺点和毛病，但就是这种不统一，才让双方在不完美的基础上相互渗透与和谐起来。

所以，希望你们可以找到属于自己的木木，找到属于自己的小懒。

We are so in love.（我们是如此相爱。）

文 / 小 懒

和木木在一起后，我们被问得最多的问题是：你们当初是怎么认识的？

每每被问起，木木的脸就红得仿佛自己做了什么遭天谴的事情似的，继而垂下眼睛开始编瞎话——

我们刚好坐同一辆公交车，我帮忘记带钱包的她垫了车票就认识了。

就是走在路上我主动跟她搭讪啊。

菜市场买菜认识的。

……

而我听过的最离谱也最搞笑的版本来自一个朋友的猜测——

朋友：你是哪里人？

小懒：秦皇岛。

朋友：那木木呢？

小懒：海南岛。

朋友（若有所思）：哦，都是岛民。那你们一定是划船认识的。

小懒：……

看来，关于我们是怎么认识的问题，终究是一个问题。

好吧，就从这里开始，一起来见证我们那些纵然经历了岁月的漂洗，依然熠熠生辉的日子。

We are so in love.

第一章

我终于搬到新居。它是很普通的三室一厅，装修简单，但干净、整洁。

另外的房间住着两个男生——阿橙和木木，他们是关系很亲密的大学同学——之于我，在四小时之前，他们不过是陌生人。而在眼下，包括以后的每一天，我将和他们生活在同一个屋檐下，用同一个卫生间，同一个厨房，同一个客厅……

选择跟男生合租，是因为之前我和好友Lillian合租时受到了打击。由于下班回来早的缘故，我每天几乎承担了房间内的所有事务，包括洗衣、做饭、打扫，她却因为我动了她的镜子，或者摆错了图书的位置之类的琐事整日里和我叽叽歪歪。我的耐心就这样被她折磨得消失殆尽。我没有义务也没有责任像个丫鬟一样伺候她，还要忍受她的各种怪癖和坏脾气。

在网上看到合租信息后，我跟阿橙约了时间看房子，当天就毅然决然地搬了过来。

我要开始我全新的生活。

| 2003年12月1日 | ☑

今天是我搬过来的第一天。

阿橙说为了增进彼此的感情，我们都要自我介绍。

阿橙：我是湖北人，在广告公司上班，大学毕业后就一直住在这里。以后我们就是室友啦，大家要互相照顾啊。

木木：我是海南的木木，请多关照。我喜欢看纪录片、踢足球，最大的愿望是……

阿橙（强行打断）：他最大的愿望就是踢球的时候，体重达二百三十斤的师妹不要在大庭广众之下高呼"木木我爱你"。

小懒：……

木木（马上反唇相讥）：他最大的愿望是能拥有强健的胸肌，因为他觉得这样会超级性感，搭讪女生的时候会相当有魄力！

小懒：……

阿橙：木木脱掉球鞋的时候喜欢闻自己的臭袜子！

木木：你三天才洗一次澡，袜子脏了还会反过来接着穿！

小懒：……

阿橙（迅速抢过话头）：还有啊，木木上厕所的时候至少要用掉半卷手纸！他还不喜欢掏耳屎！

木木（跟你拼了）：我也知道你，（转向小懒）阿橙在学校的时候追求过两个女生，都被拒绝了！

小懒：……拜托，我这是搬过来的第一天哎！

小懒回到自己的房间，自言自语道：嗨，我是小懒，喜欢吃肉和吃水果，一天不吃就会觉得很空虚。我最大的愿望就是每天吃肉吃到嗨体重也不会增加。

房间外，时不时传来两人争吵的声音——

阿橙：别以为我不知道，你昨天偷了隔壁邻居两棵大葱！

木木：我也知道你，上次同学聚会时那个屁就是你放的，你那天吃了很多萝卜，不停地在顺气！

……

小懒：呃……看来，彼此之间太了解，并不是一件好事。所幸我是一个人，并没有带损友过来。

2003年12月10日 ☑

今天，小懒买了苹果和油桃，回到家看到木木和阿橙都在，便洗干净放在水果盘里拿给他们吃。

小懒把水果递给拖地的阿橙，他(把拖布一扔，张开大嘴)说：喂我我就吃！

小懒（毫不示弱地吼道）：去死！

小懒把水果扔在桌上转头就走，接着递给在阳台上做运动的木木。

木木（嚣张地挑衅）：跪下来求我啊！

小懒：我这是造了什么孽啊……

小懒很快端来一杯水，做泼水状：你这个烂人，水果到底要不要？！

木木（诚惶诚恐地接过水果，叹气）：唉，如今的淑女都到哪里去了？

小懒（气得翻白眼）：有你们这帮烂人做室友，人都被你们带坏了，哪里还能淑女？

2003年12月13日 ☑

阿橙上班后，很晚都没有回来。木木在自己的房间里打游戏，小懒一个人很无聊。

小懒：木木，阿橙今天还回来吗？

木木（脸突然红起来）：你问这个做什么？

小懒：宽带的密码我忘了，想问下他。

木木：他出差了，所以今晚你又有和我单独相处的时间了。

小懒：……去你的，你还真以为我暗恋你啊！

木木（羞涩）：啊，这么快就和我表白了？人家好难为情哎！

小懒：……

2003 年 12 月 18 日 ☑

小懒正站在阳台的凳子上晾衣服。阿橙走过来，一面摇晃凳子一面威胁小懒：美女，我帅不帅啊？

小懒（被摇晃得险些跌倒）：你最帅，你最帅！

阿橙（得意扬扬）：那明天周六谁来做饭啊？

小懒（几乎变成了哭腔）：小的都效劳了！

阿橙（松开板凳）：这还差不多！

小懒（摇晃着从凳子上跳下来）：刚刚我是随便说的，你别当真啊！

阿橙（头也不回）：没有关系，反正我今天喝酒了，一会儿做出什么不是我本意的事情，你别介意啊！

小懒：呜，我做还不成吗！

2003 年 12 月 20 日 ☑

阿橙和木木因为一些小事吵起来了。小懒坐在沙发上看热闹。

小懒（幸灾乐祸）：好呀好呀，又有免费的武打剧看了！使点劲儿啊，瞄准目标出击！拳头打下去要快准狠！真是的，一点儿都不专业！

阿橙和木木斜斜地瞟了小懒一眼，继续争吵。

小懒（得寸进尺）：厨房有勺子、铲子之类的东西，要不要我拿过来助你们一臂之力？

两个人突然停下来，转过头愤愤地看着小懒。小懒识相地闭上了嘴。

两个人继续争吵。

小懒（兴奋）：其实抓头发也行哎，搞不好就设计出了一个最新的发型，多酷啊，一举两得！

阿橙和木木终于停了下来。

阿橙冲木木使了个眼色，木木会意地走过来坐在小懒的右边，阿橙紧挨着小懒的左边坐下，两个人把小懒包围在沙发里，恶狠狠地瞪着小懒。

阿橙 & 木木（异口同声）：美女，你刚刚说什么来着，再重复一遍？

小懒（识时务者为俊杰）：啊，这个啊，我刚才是说两位大哥吵架好辛苦，不如我给你们倒杯水！

阿橙 & 木木：这还差不多。

小懒：……

| 2003年12月22日 | ☑

小懒下班回到家，换好睡衣后才想起来忘记买水果了。可是如果下楼去……就要重新穿衣服，下五楼，再爬上来……好麻烦。小懒在房间里转了一圈，在木木的床头柜上发现了一袋橘子。

吃，还是不吃——这是个问题。

对嗜水果如命的小懒来说，可以让她不吃饭、不喝水……甚至可以让她没肉吃……但是不能没有水果！

小懒（自言自语）：那我就假装木木在家好了。哎，木木，你的橘子借我吃几个啊，我明天还你。

小懒斜靠在木木房间的沙发上，打开电视，边吃边看，觉得满足极了。

小懒：柯南好棒！没错，凶手就是他！

小懒：你这个坏女人，居然杀害你的亲妹妹！

……

不知道过了多久，动画片播完了，水果也吃完了，就在小懒意犹未尽的时候，她突然听到了开门的声音。

木木：哎，小懒你在啊？

小懒：……

木木：做什么呢？吃饭了吗？

小懒：吃……了……你的……

木木（放下电脑包）：好啊，你偷吃我的小橘！

小懒：小橘？

木木（狂喊）：小橘！小橘你怎么了？小橘！我跟你相依为命、同甘共苦这么多天，把你当亲生骨肉一样呵护，（哽咽）想不到今天……

小懒：……

2003年12月24日 ☑

今天是圣诞夜。我们决定聚餐庆祝。阿橙的厨艺很差，连鸡蛋都不会炒。木木很有做厨师的天赋，红烧猪蹄、清蒸武昌鱼都做得超好吃。小懒就更厉害啦，连鸡蛋炒鸡蛋都会做……

小懒：如此良辰美景，不如我们对诗吧？

阿橙：你这明显是欺负我们两个理科生。

木木：那就折中一下，诗词、成语都可以。前一个人说，后面的人接前一个人的最后一个字，谐音也行。对不上的要喝一碗冷水。

阿橙：我先来。呃……两个黄鹂鸣翠柳。

木木：柳暗花明又一村。

小懒：村……村……村主任虽小也是官。

阿橙：什么乱七八糟的？

小懒（不服气）：你管我，反正我对上了。快点快点，轮到你了。

阿橙（无奈）：官……官官相护。

木木：护……（语无伦次）护士是白衣天使！

小懒：什么跟什么啊，不行，木木喝水！

木木：你刚才那个就行，凭什么要我喝水啊？

阿橙：别吵了，干脆完全放开，不管是诗词、成语还是词语，只要接得上、接得快、不停顿就行。小懒，该你了。使！

小懒：使……使……使你个头啊！

阿橙：啊……啊！下雪啦！

木木：啦……啦啦啦，我是卖报的小行家！

小懒（逼上梁山）：……家人！

阿橙：人人都爱喝酒。

（谁说的？就你一个酒鬼吧？）

木木：九九归一。

小懒：一二三四五六七……

木木 & 阿橙：……

| 2003 年 12 月 27 日 | ☑

阿橙最近陷入了情网，喜欢上了同事 Lily。Lily 去哪里他就追到哪里。木木最近也很苦恼，他的同事（低他一级的小师妹）疯狂地喜欢上了他，他走到哪里小师妹就跟到哪里。因为小师妹体重二百三十斤，所以阿橙总是叫她"230"。

所以，我时常会听到这样的对话——

阿橙：木木，今天你们公司不是有足球赛吗？你怎么不去？

木木：不去了。

阿橙：为什么？那个"230"又穿着和你同一个号码的队服去现场喊"11号我爱你"了？

木木：……你也犯不着天天拿这个说事吧。你呢？今天怎么不去健身？Lily不是每个周末都去健身吗？

阿橙：唉，我今天不想见到Lily。

木木：为什么？

阿橙：昨天我们公司换了网络服务器，除了我，绝大多数同事都不知道怎么调整，于是我就挨个帮他们弄……

木木：这不是蛮好的嘛，正是你表现的大好时机啊。

阿橙（犹豫）：可是，可是……

木木（疑惑）：到底怎么了？

阿橙：我转了一大圈，刚把Lily的调整好，帮她旁边的同事弄时，对方突然惊呼了一句——你裤子的拉链没拉上哎！

木木：……

2004年1月1日

住了一阵，慢慢对阿橙和木木有了些了解，我逐渐发现，阿橙是个乐天派，整日里像个孩子一样嘻嘻哈哈，没心没肺；木木不善于主动交流，很绅士，但老是摆出一副教务处主任的严肃面孔，看似成熟，但只要阿橙一刺激他，他就会失态，完全变成另外一个阿橙。

这天晚上家里停电了，三个无聊的人坐在沙发上聊天。

阿橙：小懒，听说你小时候在乡下长大啊，你在乡下最喜欢做的事情是什么？

小懒：呃……在乡下的时候，我们家房檐下有很多燕子窝，我最喜欢的事情就是爬梯子上去看新孵出来的小燕子。而且，我还经常往燕子窝里扔鹌鹑蛋……

木木：你放鹌鹑蛋做什么？

小懒：看燕子能不能孵出鹌鹑啊。

阿橙：那孵出来了吗？

小懒：呃……反正每年春天燕子飞回来我都往燕子窝里放俩鹌鹑蛋。这样坚持了四年，小燕子每年都孵出来很多，但鹌鹑一个也没孵出来。我以为是数量太多，特意把燕子蛋拿走两个，还是不行……还有，我怕燕子孵蛋太辛苦，还经常往里面扔食物，小虫子啊、韭菜叶啥的……

木木：……

阿橙：哈哈！说到韭菜叶，我突然想起木木的一件糗事，哈哈！

木木：……你讲吧，我行得正、坐得端，我能有什么糗事（故作镇定）。

阿橙：在我面前你装什么装嘛……你不说，那我替你讲！

木木（不以为意）：我会怕你啊？

阿橙：小懒，你不知道啊，我们上大一的时候，木木一直暗恋我们院教逻辑学的女老师。但女老师总是穿得很保守，把脖子、胳膊、大腿啥的，全都捂得严严实实的，而且也不太会化妆。可是有一次，不知道为什么，她居然穿了一条若隐若现的玫瑰色纱裙……

小懒（好奇）：真的啊？然后呢？

阿橙：大家都震惊了，推着木木围过去，结果……结果老师一开口说话，天啊，所有人晚上回去都做噩梦。

木木（愤怒）：阿橙，你再说下去，你就死定了。

阿橙：我才不受别人威胁，我告诉你啊小懒，你知道怎么了吗？

小懒（饶有趣味）：到底怎么了？

阿橙：女老师一说话，满嘴的韭菜叶啊，哈哈！形象彻底毁了，就为这，木木还大哭了一场呢。

小懒：……

木木（被彻底激怒）：小懒，我也跟你讲阿橙的糗事！他不仁我也不义！

阿橙：喊，我从小被吓大的好不好？

木木：我告诉你小懒，阿橙有一件最丢人的事情，讲出来能羞死他。

小懒（假装劝架）：我们不要人身攻击好不好……

木木：没有，绝对是真事。

小懒（去房间拿出纸和笔认真地记着）：好啊好啊，你讲吧。

阿橙：……不至于吧？

木木：阿橙刚到学校时，有次上厕所没手纸，在周围搜罗了一圈，最后从一个女生的桌子里摸出一团卫生纸，飞一般地冲向厕所，然后就"脚跨长江两岸，手拿机密要件，前面机枪扫射，后面炸弹横飞"。那时学校还比较简陋，建的是那种蹲位的厕所，没有隔板，等阿橙满足地打开卫生纸纸团，准备擦屁股时，却发现里面包着两个卫生巾……

小懒：……你怎么，知道得这么详细？

木木：嘿嘿，因为我当时就在他旁边的蹲位啊，当时对他真是充满了崇拜。

阿橙（扑过去）：我跟你拼了……

木木（完全抛掉绅士身份怒吼）：拼就拼，谁怕谁啊！（二人厮打起来）

小懒：……

2004年1月5日 ☑

木木这天下班回到家，看上去很忧虑。

小懒：木木，怎么啦？看你心事重重的。

木木：我刚才下公交车的地方，有个穿得破破烂烂的女人带着一个小孩，拦住我要我给他们五块钱买碗面吃。我当时走得急，下意识觉得是骗人的，就厌恶地摆摆手，走掉了。可是一边走一边想这件事，觉得自己很过分。不就是五块钱吗？就算是骗人的，我损失了五块钱也没什么，可万一是真的，这五块钱他们可以买碗面，可以填饱肚子。还有个小孩啊，估计也就五岁……唉，真后悔。

小懒：呃，要是实在懊悔，现在回去，她们应该还在的，你可以给她们买面，或者直接给钱也成。

木木（想了想）：好啊好啊，我这就去。

木木换好鞋子，带上钱包，转身下了楼。

小懒一个人在房间里，就这样被木木感动了。

一个善良的男生——至少是值得你信赖并期望自己可以同他深交的。

2004年1月8日

小懒崇拜木木。

阿橙出差了，要一个星期才回来。家里开始变得冷清。木木又恢复了以往严肃且酷酷的样子。小懒晚上用笔记本电脑的时候，电源插线板坏掉了，显示灯都不亮。小懒正准备去楼下的商店买新的插线板时，木木叫住她。

木木：先给我看看吧，或许我能帮你修好。

小懒（不相信）：你会修？

木木：我先看看。

木木拿过插线板，从自己的床底下掏出一个工具箱，像变戏法一样挨个拿出十字改锥、扳手、锤子、钳子……叮叮当当地在房间里折腾起来。

现在的男生，谁会搞这类东西啊？估计是逗能吧？在小懒猜测着一会儿插线板装好后会多出几个零件时，木木已经把插线板递了过来——

木木：里面有根线断了，我已经接好了，你用吧。

小懒（狐疑）：真的假的？

木木：你试试好了。

小懒接过来，插上电源，居然，居然，真的好了，可以用了。

小懒今日心得——一个有着工具箱还会修理插线板的男人，是个真正的好男人。

| 2004 年 1 月 14 日 |　☑

　　阿橙出差回来后懒得不成样子，房间脏得简直无法见人。脏袜子扔了一地，地板上积着厚厚的灰，书一本本地堆着，纸团随处都是，影碟堆了满满一桌子。

　　木木看不过去，就去跟他谈心。

　　木木：阿橙，你收拾下吧，家里来客人的话，太乱了怎么见人啊？

　　阿橙（毫不在意）：这才是真正的生活，打扫得干干净净干什么啊，手脚都没地儿放。

　　木木：可是收拾干净了，你自己也舒服啊。

　　阿橙（不屑）：收拾得太干净，完全不是我的风格，又不是住旅馆，家就要有家的感觉。

　　木木：……小懒，你来劝劝吧。

　　小懒：……阿橙，真的好乱啊，你说，万一 Lily 过来找你，看到你的房间乱成这样，到处都脏兮兮的，肯定打死都不肯接受你。

　　阿橙：少来了，Lily 才不会过来，甭拿这一套哄我。

　　木木：告诉你，你要是现在不收拾，回头等 Lily 真的过来，我们就揭你的老底，到时候你想收拾都晚了。

　　阿橙：……

　　小懒：全新的生活，应该从打扫房间开始。你看我，把房间弄得干干净净的，心情也变得好愉快。打扫完就去小区里散步，呼吸呼吸新鲜空气，再上楼，看到隔壁邻居放在门口的大白菜，都觉得心情好得不得了。

　　木木（附和）：对啊对啊，这完全是两种不同的生活态度。在你眼里，大白菜就是大白菜，但在我们这些爱干净的人眼里，那简直是开心果，是看到了会让心情变得明朗的绿色植物。

　　阿橙终于不耐烦地站起来，斜眼看了好一会儿小懒和木木，一声不吭地往外走。

　　难道他是受不了小懒和木木的唠叨，要离家出走？

在小懒和木木彼此交流着刚才讲的话是不是有些过分，是不是伤害到了阿橙作为一个大男生的自尊时，阿橙已经回来了。

他手里抱着两棵大白菜，往小懒和木木手里一人扔了一棵——

阿橙：好了，我把隔壁邻居的大白菜都拿来了，送给你们。这下，我可以不用打扫卫生了吧？

小懒 & 木木：……

2004年1月15日 ☑

小懒心得：木木和阿橙一点幽默细胞都没有。

下班回到家，小懒想起公司的一件事情，一直笑个不停，吃饭的时候依然忍不住。木木和阿橙看得奇怪，就反复问为什么，于是小懒开始讲起来。

小懒：公司里有个同事辞职走了，因为他的电脑很新，所以另外一个同事A看到后，就第一时间把自己的东西整理好，搬去了他的位置。然后呢，同事B看到后，发现同事A的电脑键盘不错，就把A的键盘拆下来给自己用。

阿橙 & 木木（迷惑）：然后呢？

小懒（继续津津有味地讲）：B很爱干净，他用电脑清洗液几乎擦了一个小时，直到键盘一尘不染、油光可鉴，最后，才喜滋滋地装在自己的电脑上。然后B再把自己脏兮兮的旧键盘给A的电脑换上。

阿橙 & 木木（不知所以然）：哦，这样啊……

小懒：哈哈哈哈哈……（笑得不能自已）哈哈……结果等到下午领导过来，看到A私自换了办公位置就很生气，命令A回到原来的位置，继续使用A之前的电脑……哈哈，哎哟，我不行了，乐死我了（捂着肚子，笑得东倒西歪）。

木木：这有什么好笑的？

小懒（强忍住笑）：……听我说完啊。A没办法，只得服从领导的安排，她抱着自己的办公用品回到老地方，看到自己的键盘被 B 换了，哈哈，于是她对 B 说——你能把键盘还给我吗？哈哈哈哈哈……

阿橙：A 为什么敢私自调换办公位置呢？究其原因，我觉得是你们公司管理部的人工作太不到位了，应该给管理部的人开罚单。

木木：对啊，这要是在我们公司，是要记三等过的。没有管理部的安排，任何员工都不能私自拆卸其他员工的办公电脑，更不能调换办公位置。

阿橙：还有啊，你们公司没保洁啊？电脑脏了不知道擦吗？保洁做成这样，应该开除！

木木：就是就是，要是不行，我把我们公司的保洁介绍给你们，每小时费用才八块钱。

小懒：……拜托，我在讲笑话哎，你们能配合我一下，笑一笑好吗？

阿橙：啊，什么笑话？

木木：你看，不是我一个人没听懂吧？根本就没有可笑之处嘛。

小懒：……

2004 年 1 月 18 日

过年放假了。小懒同木木、阿橙一起去逛街，大家商量着应该给爸爸妈妈买什么礼物他们才会喜欢。商场人可真多啊，三个人刚站门口就被人潮挤进去了。

阿橙（拿过一件衣服）：哇，这件唐装不错，买给我老爸穿，应该会不错。

木木：太鲜艳了吧，老人家不会喜欢的。

阿橙：那件深蓝色的呢？

小懒：太古板了，一点儿活力都没有。

阿橙：这件格子的应该不错吧？

木木：颜色倒还行，但是料子太差了，估计一洗就缩水。

阿橙：……好像料子确实不太好。

小懒：哎，这件毛衣不错，给我妈穿肯定很好看！

阿橙：拜托，样式太老了，你以为你们还生活在旧社会啊？

小懒：……呃，那边上那件 V 字领的呢？

木木：太时尚了，担心你老妈无法接受。而且，是 V 字领啊，像我老爸老妈根本就不穿 V 字领的毛衣，他们喜欢穿高领的，里面套个秋衣什么的也露不出来。

小懒 (若有所思)：也对哦。哎，那边有高领的，第二排绿色的那件怎么样？

阿橙：还凑合，但是貌似是前年的旧款吧，卖了两年还在卖，肯定有问题，要不然怎么还卖不完呢？

小懒：……貌似是这个道理。

木木：啊，这个足底按摩盆不错，可以买来给爸妈用，对身体也很好。

阿橙：不行啊，我听说脚底上有很多穴位的，要是没有任何针对性地对脚上所有穴位进行按摩，说不好身体的哪个环节就会出现问题。

木木：这样啊，那我就买一个高级点的、贵点的，回头再买个脚部穴位图，照着穴位按摩就行了。哈哈，这个不错，五百多块，是远红外线的呢，应该没问题的。

小懒：可是我听说这类噪音很大，你说回头泡个脚，做个足底按摩，弄得震天响，全家都盯着你看，多不舒服。再说还耗电，花那电费钱，还不如去足底按摩馆做足疗呢。

阿橙：就是，再说，要买你能买一个吗？要全家用的话，为了卫生，你不得消毒啊？洗一次，换一个人，就消毒一次，用起来多麻烦啊……

木木：……说的也是。

四个小时后，三个人空着手从商场里走出来。

木木 & 阿橙 & 小懒（分别指着除自己之外的另外两个人，异口同声）：你们俩真是的，逛商场什么都不买！

第一章

| 2004年1月27日 | ☑

今天小懒丢人丢大了……

电表里的度数只剩下十度，大家都忘记了买电。木木说明天是周六，今晚节约些，撑到明天没问题。于是他们关掉了电视，连冰箱也清理干净拔掉了插头。

可是好无聊，木木和阿橙已经熄灯睡觉，小懒出去看电表，还剩八度，想着应该够上网了，于是泡起了论坛。

就这样小懒看到了一个很吸引人又欲罢不能的题目：《你敢盯着图看20秒吗？胆小者、有心脏病者勿进！》——犹豫再犹豫，最后好奇心、侥幸心理盖过了胆小和恐惧，小懒轻按鼠标，点了进去。

——只是一个很平凡的、很破旧的院子，空地上堆满了零零碎碎且枯黄的草，小懒从左至右、从右至左、由上到下、由下到上看了一遍，得出结论，这就是个普通的空地。但，应该不是这样，肯定还有别的什么，只是没被发现而已。

于是小懒使劲盯着电脑屏幕。

漆黑的夜晚，空荡荡的房间，只有小懒一个人这么无聊。

隐约能听到从隔壁房间传来的阿橙此起彼伏的呼噜声，就在小懒盯着电脑屏幕特别专注特别投入的时候，屏幕上空地的某个角落里突然蹿出一个人头！伸着血糊糊的手以迅雷不及掩耳之势冲小懒扑过来……

啊——

深夜里传来这样凄厉的惨叫声，木木第一个从房间里跑出来，看到了背对着房间抱着木门正战栗的小懒。

木木：你怎么了？

小懒（几乎是哭着喊出来）：帮我把电脑关掉！快点！

木木：到底发生了什么事？

小懒（继续背对着房间，手胡乱地在身后挥舞着）：求你了，快帮我把电脑关了！

木木（不解而无奈）：好，我先帮你关掉。

木木好脾气地看了看小懒，走进房间，关掉电脑。

木木：好了，已经关掉了。你看到了什么害怕成这样？

小懒（舒了一口气，故作镇定）：没……哪有害怕，没事啊……喀喀，我那个，呃……只是，只是无聊，所以……（遮掩）没什么啦，其实你不过来我自己也可以搞定。

木木（偷笑）：真的没事了吗？

小懒：真的没事。

木木：哦,那你现在可以松开房门了吗？你打算今天一整晚都抱着门睡吗？

小懒：……

2004年3月5日 ☑

小懒心得：阿橙和木木——做人的差距咋就这么大哩！

关于特产的问题——

过完年从老家回来，看到满满一桌的海南特产，小懒感觉自己又过了一次年。

小懒：木木，这些都是你带的吗？很多我都没见过。这个长满了疙瘩有点像荔枝的东西是什么？

木木：番荔枝。很好吃，你可以找个软的掰开尝尝。

小懒：哦……这个呢？圆圆的，好像皮球啊。

木木（得意）：是鸡蛋果，很好玩吧？剥开就可以吃，而且跟鸡蛋黄一个味道。

小懒：哦，好长见识。

阿橙（狼吞虎咽地吃着水果）：木木，够哥们儿！小懒，你可不要小气哦，你带了什么？

小懒：我带了一箱我们秦皇岛最有名的玫瑰香葡萄，一会儿洗给你们吃。还有两瓶红酒，等我们聚餐时再喝。你呢？有什么好吃的？

阿橙：就是个心意嘛——我把你们最亲爱的、最帅气的、最让你们朝思暮想的、最忠诚善良的室友阿橙，完好无损地带回来了。你们还要求什么？

小懒 & 木木：……

五分钟后——

阿橙（甜蜜地打电话）：Lily 吗，我从老家带了好多特产回来哦，明天拿给你。

小懒 & 木木：这个家伙……

关于人品的问题——

木木：小懒要洗衣服啊？

小懒：对啊。有事吗？

木木：没有，只是想提醒你，这台洗衣机有时会漏电，你千万别在洗衣机转动的时候湿着手从机筒里拿衣服啊，不然很容易被电着。

小懒（感激）：谢谢提醒啦！

阿橙：哎，小懒要洗衣服啊？

小懒：对啊。有事吗？

阿橙（指着小懒手上拿着的一件外套）：这件要洗吗？

小懒：洗啊，正要往洗衣机里放呢。

阿橙（拉过衣服，使劲擦手后）：好啦，去洗吧。

小懒（迷茫）：呃，你刚刚是什么意思？

阿橙：没事啦，我刚才吃了油条，没找着纸擦手。

小懒：……

关于美食共分享的问题——

木木：阿橙、小懒，我刚刚在楼下吃肉串，给你们带了一些，趁热吃吧。

阿橙：够哥们儿，够义气！

小懒（感动）：那我给你钱吧？

木木：不用，这么客气干吗。

小懒：……好吧，有机会我也请你吃。

阿橙：哇，小懒，你在吃鸡腿啊？

小懒：是啊。怎么啦？

阿橙（满眼放光）：……呃，你的鸡腿，能借我啃会儿吗？

小懒：……

阿橙：借我啃一会儿嘛。啃一会儿就还给你，又不是不还。

小懒：……

关于对待暗恋自己女生的态度的问题——

木木和阿橙的大学同学聚会，地点选在了他们住的地方。阿橙是人来疯，疯疯癫癫地跟谁都闹个不停。吃饭的时候……就聊到了"谁喜欢谁"的问题。

A（没心没肺）：哎，小雯，我记得你那时候一直暗恋阿橙哦！

小雯（脸红）：我……没，其实……

阿橙（抢过话头）：唉，小雯，对不起，都怪我当时被猪油蒙了心死活拒绝你。那时你对我多好啊。那时你天天早上给我送早点,你写给我的情诗到现在我还记得呢……可我偏偏拿你当狗屎踩,死活要跟菲菲好……

小雯(红脸,无语):……

众人一:早点、情诗……原来你真的追过阿橙啊?

众人二:女追男哦……小雯,你太不矜持了,给我们女生丢脸哦。

小雯(黑脸):……

B("大嘴报"记者):哈哈,文娟,我听说你对木木表白过哦!

文娟(脸红):是,确实有这回……

木木(打断):哎,听他们胡说八道。我跟文娟是最好的哥们儿。你们这帮八婆,就知道说三道四!

B:你就不要掩饰了。现在还担心什么?我们又不会去乱讲。

木木:确实没有的。

阿橙(好奇):我也好想知道啊,到底有没有?

木木:当然没有了。这有什么好隐瞒的。好了,全都给我洗碗去。

文娟(冲木木投过感激的目光,如释重负般):我也去。

综上所述:木木大方、真诚、善良,又有绅士风度;阿橙吝啬、自私、虚情假意,又从来不考虑别人的感受。

强烈的对比之下:小懒不会讨厌阿橙,那就是他——真实的他,有着这样性格的他,小懒没有权利要求他做任何改变。只是木木——小懒对他再添了几分尊敬。

2004年3月6日 ☑

木木和阿橙在房间里窃窃私语地聊着什么,见小懒进来,两个人都有些慌乱。尤其是木木，脸红得像是在发烧。

小懒（一把扯开阿橙欲遮住电脑屏幕的胳膊）：什么好东西，让我也看看。

木木＆阿橙：不要啊……

小懒：啊，跳脱衣舞的视频！

木木（惭愧地转过头，不去看电脑屏幕，冒汗）：咯咯，那个，呃……

小懒：好奇怪哦，你们应该看女生跳脱衣舞才对啊，为什么看男生的啊？

阿橙（低头，冒汗）：……话说这是我朋友刚发过来的，我们俩还没看上几秒，你就……

小懒（盯着电脑屏幕）：太过分了！太过分了！！简直丧尽天良！天打雷劈！天诛地灭！天人共怒！穷凶极恶！恶贯满盈！罪不可赦！

木木：呃……你不至于吧？我们看到几个男的在跳舞，他们刚脱了件外套你就进来了，还没你看得多呢。

小懒（继续盯着电脑屏幕，愤愤的）：跳脱衣舞就跳呗，闲着没事穿两条内裤干吗？太过分了！拿我们当猴耍！

阿橙＆木木：……

| 2004年3月13日 |　☑

小懒逛街的时候感觉有人撞了自己，也没在意，等买鞋子付钱时才发现钱包被偷了。包括月票、银行卡、五百多块人民币，全都没有了！偷钱包的人不得好死！肯定遭报应！

小懒给两个好友打电话，结果她们都在外地出差，她只好打给阿橙。

阿橙：我跟Lily在健身呢，正在紧要关头。你找别人，实在不行就走回来，反正今天是周末。就这样啊，拜拜。

就知道他靠不住，小懒打给木木。

木木（着急）：啊，刚刚？没事，我这就过来，你在原地别动。千万要等着我啊。

　　木木的话像是一颗定心丸，小懒安静地坐在地铁口边上的长椅上，看着地铁里的人行色匆匆，觉得自己像是被人遗弃的小孩等着大人来认领。

　　木木到的时候先带小懒去银行办理了一卡通的挂失，然后打车回家。

　　路上小懒很沮丧。

　　木木（安慰）：哎呀，不要这样了，来北京的，谁还没丢过钱啊。这次有了经验下次就不会丢了，这叫"有小失才会有大得"。

　　小懒：才不会，你要是像我一样丢钱了就不会这么想了。

　　木木：我刚来北京的时候比你惨多了，身份证、手机都被人偷走了。

　　小懒（继续沮丧）：也不见得有多惨。

　　木木：跟你一样是在买衣服的时候丢的。

　　小懒：还是差不多啊。

　　木木：你丢了钱包并不知道小偷是谁，而我知道，却一点办法都没有。唉。

　　小懒：为什么？

　　木木：我付完钱，顺手把手机和钱包放在柜台上，大概检查了下衣服的质量就直接走了。回来找时店员不承认，非说是看着我拿走的。商场的经理都出来了，最后也没解决。

　　小懒：啊……这样啊，那你一共损失了多少钱？

　　木木：算上手机什么的，还有补办身份证，三千多了。

　　小懒：那你为什么不报警啊，这个店员好黑心，应该让警察来惩治。

　　木木：那时刚来北京，哪懂这个，只能自认倒霉。

　　小懒（鄙视）：这样啊，那我彻底平衡了。哈哈，没什么嘛，身份证也没丢，五百块钱而已。哈哈，你可就惨了。连手机都丢了啊？啧啧，真够笨的。还是男生呢，都知道贼是谁了还一点办法都没有，哈哈！

　　木木：……

| 2004年3月16日 | ☑

Lily 的哥嫂来北京游玩，阿橙为了表现，主动担当起照顾 Lily 的五岁小侄女豆豆的任务，还把豆豆带到了家里来。

豆豆：叔叔，你嘴里嚼的是什么？

木木：口香糖啊。

豆豆：口香糖是干什么用的？

木木（担心小孩吃了被卡到）：呃……就是大人吃的，小孩子不能吃的东西。

豆豆：那到底是做什么用的呢？

木木：就是去除嘴巴里的异味的。

豆豆：叔叔你嘴巴有异味啊？你不刷牙吗？

木木（大汗）：刷啊，我每天刷两遍牙呢。

豆豆：叔叔，你刷两遍牙，嘴里还有异味啊？

木木：……

豆豆（恍然大悟）：难怪我们小孩不能吃。

木木：……

豆豆和木木聊天聊累了说想睡觉，阿橙把自己的狗窝胡乱收拾了一下。豆豆嫌弃地说："我还是到木木叔叔那里去睡吧，他的床比较干净。"阿橙只好尴尬地抱豆豆过去。为了让豆豆老老实实地睡觉，有洁癖的木木顾不了那么多，还好心地从外面带上门保证睡眠环境。

不知道过了多久，豆豆醒了开始大哭。

木木：豆豆，你怎么了？

豆豆：哇哇哇哇哇……

阿橙：哪里不舒服吗？

豆豆：哇哇哇哇哇娃……

小懒：豆豆，告诉阿姨，为什么哭呢？

豆豆：哇哇哇……不见了……不见了……哇哇哇……

木木：什么不见了？

豆豆（继续号啕大哭）：醒来就不见了……哇哇哇……

哄劝了半天，豆豆只顾哭，一直不肯说到底不见了什么东西。三个人没有办法，只好在木木的床上翻来覆去地找，其间夹杂着豆豆无休止的哭声，大家烦躁得恨不得把豆豆的嘴巴堵上。三个人一边找一边达成了共识，将来"打死都不要小孩"。

大概是哭累了，豆豆终于停止了哭泣。

木木：豆豆，告诉叔叔，刚刚到底丢了什么哭得那么伤心？

豆豆：鼻屎球球。

木木：什么？

豆豆：好大的一个鼻屎球球不见了。

阿橙：呃，什么鼻屎球球？

豆豆：我睡前挖出好大一团鼻屎，就捏在手里揉，揉出好大一团鼻屎球球，好好玩哦，可是醒过来就不见了。

木木（扑上去）：……阿橙，我跟你拼了！

2004年3月17日 ☑

阿橙又要出差了。

晚上吃饭的时候，他显得兴奋异常，一直在小懒耳边聒噪个不停。也难怪，一天有六百块的出差补助，他去两个星期，在两个城市随便跑一下，八千多人民币就到手了——什么世道（小懒仇富中）。

阿橙：我走啦，你们要相亲相爱哦。

木木（愤怒）：起开！

阿橙：小懒，木木要是欺负你，不要害怕，只管报上我的名号！

小懒（咬牙切齿）：……一路顺风！

阿橙：你们俩好像恨不得我马上离开。（警觉）难得这么统一哦？啊，木木，难道你不爱我了吗？难道你变心了吗？啊，木木，不要这样对我……（做怨妇痛哭流涕状）

木木：你马上给我消失！

小懒：……

阿橙终于走了，房间又开始变得冷冷清清。

小懒好像，好像……好像虽然承认很难，可是，小懒可能——确实——真的——有那么一点儿——喜欢木木了。

想起阿橙开着玩笑说"你们要相亲相爱"，木木很愤怒地叫他消失——心情突然就坏掉了。小懒听到这句话后的第一反应是内心有小小的窃喜，而木木第一时间表现出来的是愤怒，是不是就表明——在他心里，认为我们是肯定不可能的呢？

小懒有点心慌——无法明确自己感情归属的心慌远远小于担心木木对自己没有任何感觉的心慌。

小懒开始坐立难安。

| 2004 年 3 月 21 日 | ☑

……呃，又丢人了。

因为连着吃了几天木木做的饭，厨艺很差的小懒立志在不久的将来要做得一手好菜，决定苦练厨艺。于是下班买完菜，小懒就在厨房叮叮当当地忙碌起来。木木回来的时候她把木木赶出厨房，大言不惭地说："你只管吃就好。"

青椒掰开，去籽撕成小片。切好肉，锅刷干净。准备工作就绪。

点燃煤气，倒油，再把肉片扔进去……油噼里啪啦炸了锅，小懒拿着铲子，手臂上被烫了一个红点,还没来得及仔细检查伤势,油锅腾地着了火。

油锅为什么会着火呢?好奇怪。

小懒端起油锅打算看个究竟,冷不防锅中的火苗蹿起来烧着了她的头发,似乎还有眼睫毛……小懒下意识闭上眼,扔掉油锅,凄惨的叫声传出厨房。木木匆匆赶到厨房收拾残局后——

木木:有敌人攻击我们的厨房吗?

小懒:……

木木:我能请教下你是怎么让油锅着火的吗?

小懒:我不知道。刷好锅就点煤气倒油啊,我在家里看我妈就是这么做饭的。

木木:那她做饭的时候跟你一样没等锅干就倒油吗?

小懒(迷惑):锅干?为什么要等锅干?

木木:……难道你不知道锅里有水就倒油,锅加热后油会到处溅吗?

小懒:所以呢?

木木(无奈):所以火苗碰到溅出的热油就会着火啊。

小懒(恍然大悟):哦,这样啊,难怪。

木木:我还有个疑问。你头发是怎么烧着的呢?油锅起火最多是油星四溅烫到你的胳膊,头发居然烧着了,这让我太迷惑了。

小懒:呃,我只是想看看为什么会着火……其实不止头发,睫毛也烧到了,还好我闭上了眼睛,不然里面的隐形眼镜烧着了我就瞎了……

木木(倒吸一口凉气):油锅起火你直接盖上锅盖就行了,这叫窒息灭火。千万别不知死活地拿起来看。尤其不要用水灭火。因为油不溶于水,用水灭火会导致火势更旺引起火灾。

小懒:好复杂啊。

木木(叹气):一点生活常识都没有,还大言不惭"你只管吃就好",我看是只管收拾残局就好。

小懒:……不管怎么说,谢谢你了。

木木：没什么，我不过是做了些"你"应该做的事情而已。

小懒：……

2004年3月22日

"230"今天过来找木木。虽然小懒多次从阿橙的口中听到过关于她的描述，但真见到的时候还是有些意外。身材很……魁梧！体重应该不止二百三十斤……但坦白说，她长得并不难看，望向木木的目光里全是爱慕，如果爱慕可以用流水来形容的话，"230"已经流出了一片瀑布。

小懒为了避嫌，还特意假装有事，躲在房间里上网，耳朵却竖得跟兔子似的。

"230"：木木，我帮你打扫一下房间吧！

木木：不用了，我房间蛮干净的。

"230"：没关系的，我可以让它更干净！

木木：……真的不需要。

"230"：呀，你的球鞋脏了，我帮你刷吧。

木木：我一会儿踢球还穿，回头我自己刷。

"230"：哦。那踢完球我跟你回来，鞋刷干净了我再走。足球装备包我帮你背好了。

木木：唉，真的……你先告诉我，你怎么知道我住哪里的？

"230"：今天队长包了一辆车，说会接上公司里的几个"头号球星"去参加决赛。正好听司机说要先接你，我就自告奋勇跟着来了。

木木：这……呃，行了，我们出发吧。

"230"（欢呼）：好哎好哎！

小懒（躲在房间内愤愤的）：哼，你们……等着瞧！

……

晚上木木一个人回来，身后并没有让人讨厌的"230"。但是想起他们白天的对话，小懒依然气不打一处来，盯着木木，眼睛几乎要喷火。木木却浑然不觉，没事人一样晃来晃去。

小懒（讽刺）：今天和"230"出去，心情很好吧？

木木（非常正式而严肃）：小懒，我之前认为你和阿橙不一样。我以为你不会像他那样以貌取人，我以为你不会像他那样因为别人的身体有缺陷就随意取笑人家。虽然我并不喜欢艾佳（就是那个"230"），但我会尊重每一个人。如果你之前没有意识到，那么，希望你从现在开始能够做到。

小懒（暗喜，完全忽视掉后面的话）：（原来你不喜欢"230"啊）好啊好啊，没问题。

木木（疑惑）：你那么兴奋干吗？

小懒（屁颠屁颠地跑到厨房洗水果）：没事，没事啊！

2004年3月26日 ☑

写给未来的儿子（算命先生说，如果政策允许的话，小懒可以生三个儿子）：

儿子——如果将来你看到这段文字，希望你可以理智地思考。虽然这里写的是妈妈追求的爸爸（众人：天啊天啊，惊天秘密！）（苏小懒注：木木，你将来看到这里也不要骄傲，这没有什么好骄傲的），但是，儿子——其实当时爸爸也很想追求妈妈了，只是他没有勇气！所以你看到这里，一定不要认为妈妈很没有面子，居然主动追求男生。你要想：哇，妈妈比爸爸还有勇气呢！妈妈真是个女汉子，呃，不，真是个女中豪杰！妈妈好有魄力哦！因为妈妈的大胆追求，才有了爸爸妈妈的结合，才有了我们现在甜蜜、幸福的美好生活。

——在为自己按照以上方式打气之后（好变态的打气方式，喀喀），小懒总结：自己是个超级有魄力的人！

超级有魄力的小懒，决定展开切实行动——向木木发动总攻势！

| 2004年3月26日 | ☑

　　大家总是说：男追女，隔座山；女追男，隔层纱。完全没有任何道理。眼下的小懒感觉突然之间，有数千数万重山隔在自己和木木的面前。

　　折腾了几晚没有睡，不知道究竟要怎样才可以表达自己的心意，又不会让木木觉得，小懒是个轻浮的女生呢？

　　因为好像只要提到女生先告白，大家就会八卦地说——哎，好不要脸啊，居然主动追求男生。而男生追求某个女生时，就会跳出N个狗头军师给他出招，直到大家协助他追到女生为止。

　　好不公平。

　　小懒想了很多办法……在网上跟知心密友蒹葭倾诉自己对木木同学从初识、了解到产生好感、暗恋上他的全过程，唠唠叨叨像个更年期的老女人。蒹葭在提了N个建议被小懒因自尊问题而推翻后，恨铁不成钢地说："没事，你就去表白吧，如果被拒绝，我就带上一帮姐们儿去抢亲。"

　　呜呜呜呜，蒹葭你真好。

　　最后小懒想了一招，只要木木在家就反复地放表白的歌曲暗示他。但是又不能太过明目张胆，想来想去，她挑了一首比较委婉的，以男生暗恋女生为主题的草蜢的《暗恋的代价》：

　　茶不思饭也不想

　　有些话想告诉她

　　心里太多牵挂

　　整夜心乱如麻

　　失眠是为了想她

　　猜测她会爱我吗

　　无时无刻想她

　　可是 她知道吗

　　为什么每次遇见她

我也不懂说话
想送她一束玫瑰花
但心里又害怕
……
听过太多爱情的故事
总有一点幻想
每一天发呆在家里
守候她的电话
……

只要木木回来，小懒就开始放这首歌，单曲循环反复地放。
晚上，木木终于忍不住——
木木：小懒，耽误你一会儿成吗？
小懒（暗喜地调小音量）：可以啊，什么事？
木木（扔过一个硬盘）：这个硬盘里有很多特别好听的歌，你拷一下吧。
小懒（不解）：为什么？
木木（痛苦难耐）：求求你换首歌放吧，我实在受不了了。你要是不会下载，用我的移动硬盘啊。就算我求求你了，积点德吧。
小懒：……

| 2004年3月27日 | ☑

阿橙出差归来一脸沮丧，跟谁也不打招呼，进了房间就把门关上，一直没有出来。吃晚饭的时候木木敲门敲了半天，好不容易才把他请出来。
木木：阿橙，你到底怎么了？丢钱包了？
阿橙（垂头丧气）：没有。

小懒：被老板骂了？

阿橙：也没有。

木木（着急）：你到底怎么了，倒是说话啊。

阿橙（叹气）：唉！

小懒：我知道了，Lily 拒绝你了！

阿橙：……小懒我跟你拼了！

木木：哎，好了好了，小懒别添乱了。阿橙，到底怎么了？说出来吧，非得把我们急死不可？或许我们还能帮你想办法呢。

阿橙（欲言又止）：还是算了。

木木：说说吧，说出来大家帮你出主意。

阿橙：好吧。哎……其实这次出差，Lily 也有去。

小懒：蛮好的啊，不正是表现的好机会嘛。

阿橙：可是……可是……我，我没表现好。

木木：我还以为什么大事呢，这次没表现好，就下次呗。

阿橙：可是这次不一样了，Lily 再也不会理我了。

木木：哎呀，你快把我急死了，到底发生了什么事？

阿橙：我们这次出差事情不多，忙完手头的工作，我就带着 Lily 去泡温泉了。听工作人员说更衣室有两种价位，简易更衣室五块钱，贵宾更衣室五十块。我为了省钱，就选择了简易更衣室。谁知道简易更衣室就是几个细细的竹架支起来的黑色塑料布，Lily 进去没多久，一阵风把塑料布吹倒了，刚脱完衣服的 Lily 就……那天是周末，来来往往好多人，大家就目瞪口呆地看着她……从那次回来后她就再也没和我说过一句话。

小懒：……你节哀顺变吧。

木木：这件事告诉我们——小气要不得！

阿橙：……

第三章

| 2004年4月1日 | ☑

今日心情：金鱼不是故意的！

其实，金鱼这件事完全不怪小懒……谁叫木木在小懒上班最忙的时候发来那个鬼链接，点进去就上当了，不停地点"确定"，很久很久才能出去，不然电脑崩溃什么都干不了。小懒耗费了至少五分钟，麻木地点着"确定"，还要提防经理在身后晃来晃去。小懒一边点"确定"一边愤愤地在QQ上骂木木："你就使坏吧，小心你养了三年的六条金鱼死光光！"

木木说：死了就是你弄的。

小懒回复：如果金鱼死了也是因为你坏事干得太多，是报应。哪里用得着我亲自动手。

可是回到家……天啊天啊天啊……养了三年多一点儿事都没有的金鱼，居然真的在今天死了一条！小懒下班回到家就看到漂在鱼缸里露出白肚的金鱼。

怎么办？木木一会儿回来，肯定会说是小懒弄死的。他一定会认为小懒是个没有爱心的、恶毒的女人！他一定认为小懒连个愚人节的玩笑都开不起，口头威胁也就罢了，还真的把金鱼弄死。

在小懒还没想清楚跟他告白的更好的方式的最关键时刻，怎么可以让他产生这样的误会？想来想去，小懒先把死掉的金鱼扔进了马桶，再以迅雷不及掩耳之势买了貌似是同一个品种和颜色的小鱼来充数。

木木：哎，怎么感觉金鱼怪怪的，你不会做了什么手脚吧？

小懒（故作镇定）：喊，我至于吗？

木木：到底是哪里有问题呢？觉得有些别扭。

小懒：喀喀，别多心了，多大的事儿啊。

木木：好吧。不过，今天的鲈鱼好像味道有些怪，不太新鲜吧？

小懒：好像有点儿。当时确实不太想买。

木木：那为什么还买呢？

小懒：我先挑了几条鲫鱼，觉得太小。又称了一条武昌鱼，觉得太大了，你说过太大的不好吃，又放回去。后来想吃鲅鱼，结果我犹豫的时候一个饭店的伙计把所有的鲅鱼都买走了。最后我又挑了鲈鱼，卖鱼的摊主脸都绿了，我觉得挺不好意思的就……

木木：……

| 2004 年 4 月 2 日 | ☑

呜呜呜……下班回家，金鱼……死了两条。

小懒只好再狂奔去菜市场买了两条回来，刚把金鱼扔进鱼缸里木木就回来了。好险。

| 2004 年 4 月 3 日 | ☑

同昨日。

| 2004年4月4日 | ☑

……同昨日的昨日。

| 2004年4月5日 | ☑

木木发现了。

他今天回来得比小懒早，于是发现了鱼缸里刚刚死掉的五条金鱼。五条，是五条哎！

仅剩一条活的。

木木（有点不相信）：你可真够狠的啊，一下搞死五条，你怎么不全部弄死啊。

小懒：……

木木：你投的慢性毒药吧，以为过了几天再让鱼死我就不怀疑你了？至于吗？女生真是小心眼，一个破网址，开玩笑而已，记恨这么久。

小懒：……

木木（抱着鱼缸做痛哭流涕状）：小黄小红，你们死得好惨！

小懒（坏脾气爆发）：我告诉你，愚人节那天我回来就看到死了一条了，我怕你认定是我弄的，就偷偷补了一条扔进去。没想到后来天天死两条死两条的，我已经连着帮你补了七条鱼了，你还想怎么着啊？

木木恍然大悟般，拿起捞鱼网挨个翻看死去的金鱼，接着愤怒地看着小懒——

木木：你就是罪魁祸首！1号那天上班前我看到有条鱼翻肚快不行了，结果回来没事。后来几天我总是感觉怪怪的，又找不出究竟哪里不对。因为数量对，一个个又都活蹦乱跳的，就没多心。听你这么一说，我知道错在哪儿了。

小懒（无辜状）：错在哪儿了？

木木：你后来补的鱼，跟之前的不是一个品种，你看看现在剩下的这条活着的"大黄"，是不是比其他几条颜色要深一点，嘴巴要大一些？

　　小懒：就算嘴巴大一些，顶多吃得多一点，别的又没什么。

　　木木（悲痛欲绝）：废话，难道你不知道品种不一样会自相残杀吗？你赔我的小黄，你赔我的小红！小黄小红，我养了你们三年，呜呜呜呜……你们死得好惨啊！我就这样眼睁睁看着你们死在歹人的手里……

　　小懒：……

|2004年4月6日| ☑

　　今天，剩下的那一条"大黄"也死翘翘了。木木沉浸在小黄小红们逝去的痛苦中，小懒下班回到家看到他，一直在躲着他走。

　　鉴于木木同学处在无比的沉痛中，小懒的告白计划只得推迟。

　　——当然，也没想出什么更好的计划。

|2004年4月15日| ☑

　　小懒在网上查到《女生追男生的九大秘诀》，大致内容如下：

　　一、温柔：几乎百分之百的男生都喜欢柔声细语的女生，所以要时常向他自然流露出温柔的一面。

　　二、细心：谨记他的各种爱好和习惯，每天从头到尾仔细观察，细致入微。

　　三、有见识：除了知道女生要知道的事，也需要知道男生感兴趣的事，比如足球、汽车等，这样就不愁没有共同语言。

　　四、体贴：男生为你掏腰包时，你要连说十遍"这钱来之不易"；男生为你卖苦力时，你要连说十遍"这事非常辛苦"。

五、撒娇：这是女生的撒手锏，用娇声嗲气博得男生的柔情。

六、有仪态：说话小声、走路小步，要有十足的小鸟依人的小女人媚态。

七、可爱：多看卡通片，保持一颗"童心"，凡事以小朋友角度去判断分析，就是可爱没错了。

八、大方：不小气，不嫉妒，不讲闲话，不要脾气，从不说那个"不"字。

九、独立：独立自主不用接送，自己的事自己处理，做错事自己负责。有男生爱很幸福，没男生爱也快乐——这样的女生最容易被男生爱。

——这样就可以了吗？不管怎么样，先试试好了。

小懒（温柔）：啊，木木，你回来啦，今天上班辛苦吗？

木木（警觉）：你没事吧？

小懒（继续柔声细语）：没有啊，呃……我已经做好饭了，一起吃吧。

木木：你有事求我？

小懒：……没有啊（好失败，还是换一个）。呃，我记得你喜欢看晚报。呐，我已经买好了，放在你的床头柜上了。

木木：你今天有点异常哎！

小懒：（咯咯，换话题，共同语言！）啊，木木，你对今年的亚洲杯怎么看？对中国足球有信心吗？

木木（怀疑）：阿橙欺负你了，想找我帮忙？

小懒：不是啦，不是啦（怎么哪一个都不好使）。对了，今天我做饭用到了你新买的胡姬花油，炒菜真香。这钱来之不易，来之不易……

木木：你是想讽刺我赚的薪水很少？你好像不知道我的月薪吧？

小懒（尴尬）：没有没有，我是说……呃……没有啦，人家是很感激你嘛（发嗲撒娇），所以才会这样嘛。

木木：求你了，好好说话吧，我冷。

小懒：……呃，好吧。

吃完饭，木木若有所思地看着小懒，在他一脸狐疑的注视之下，小懒端着碗，步履轻盈，小步子迈向厨房准备洗碗。

　　木木：我来洗吧。

　　小懒（默念"女生要独立，要大方"）：不用不用，交给我就好了。

　　木木：呃，好吧。

　　小懒从厨房出来，心中暗喜，好像这招比较适合哦，至少木木没有讽刺，没有让小懒觉得自己会错了意。小懒回到房间打开电脑重新看了一遍"秘诀"，就剩下最后一招"可爱"没有尝试。于是小懒打开《机器猫》开始认真地看起来，时不时故意发出很开心的、夸张的笑声。

　　木木（敲门）：可以进来吗？

　　小懒：可以啊。

　　木木：哎，在看《机器猫》啊？

　　小懒（做作）：对啊，之前没看齐，现在补一下。哈哈，逗死了！好怀念童年生活哦。

　　木木：你真落伍，我在几年前就把全集看了好几遍。

　　小懒：……

　　木木（递过一个信封）：对了，这个给你。

　　小懒：这是什么？

　　木木：老实说，我也不知道你今天到底怎么了，应该是遇到了什么事不好意思开口吧。这个信封是我手头所有的现金，应该能帮得上你。如果不够，我再去取。其他还有什么，再一起想办法好了。

　　小懒：……

| 2004 年 4 月 24 日 | ☑

　　"230"跑到家里来，约木木逛街。

　　木木不肯，又不好意思直接赶"230"走。"230"开始缠着木木聊个不停，一开始木木还有耐心，有问有答，后来终于不耐烦，爱答不理。"230"又开始找阿橙谈心，不知道"230"说了什么，阿橙一副喜笑颜开的样子。再后来"230"又过来找小懒聊天。

"230"：小懒，你今天气色真不错哎，用的什么化妆品哦？

小懒：啊，是吗？没有啦，哪里用了什么化妆品。

"230"：不要保密嘛，好东西就应该跟姐妹分享嘛。啧啧，看你这皮肤，好水嫩，好光滑哦。

小懒：哈哈，哪有，哎哟，你太会夸人了。

"230"（凑过来，耳语）：你也知道我在追求木木吧，拜托了，帮我嘛，我会记得你的大恩大德的。一起去逛街吧，你们要是不去，他肯定也不会去的。好姐姐，求你了，阿橙已经答应了。

小懒：呃……可是……

"230"：你这么犹豫，不会是你也喜欢木木，所以才不肯去吧？

小懒（着急反驳）：哪有！乱讲。哎，不就是帮忙吗，走，一起去！

"230"：哈，我就知道你最好了。

在阿橙、"230"和小懒的撺掇下，木木终于答应一起去逛街。小懒好想抽自己一个嘴巴。是不是只有做到像"230"那样厚脸皮，木木才会明白自己的心意呢？

小懒一路心猿意马。

不知道"230"怎么想的，路过一家内衣店时，她居然急巴巴地拖着木木进去。

跟男生逛内衣店……真豁得出去啊！算你狠！

小懒和阿橙靠在内衣店的门边，无聊地对望。

"230"：木木，这个吊带连衣睡裙好看吗？

木木（斜眼看了下，敷衍）：还好。

店员（打量了一下"230"，又打量了一下木木）：我实话实说哦，您别介意。我推荐您买这种比较肥大一些的睡衣裤，关键是上衣有扣子。为什么呢？

像您这样刚生完小孩的，就得多为孩子考虑。带扣子的上衣特别适合刚做妈妈的女士用，给孩子喂奶的时候解开多方便啊，是吧？

木木（黑脸）：……

小懒＆阿橙：……

|2004年4月28日| ☑

鉴于上次的事件，木木被阿橙和小懒足足笑了好几天，给他带来了无法言说的伤害。木木终于意识到正面拒绝"230"的重要性，女孩子的自尊不忍伤害是一回事，但现在不忍伤害，日后必会带来更大的伤害。于是木木找了个时间跟"230"谈了一下，彻底拒绝了她。

小懒应该是欣喜的，却始终高兴不起来。

其实，"230"是个勇者。

每个勇于追求自己爱情的人，都是勇者。

|2004年4月29日| ☑

小懒的公司要迁址到偏僻的开发区，给每个员工都分配了宿舍。为了工作进度，除非是没有加班的周末，其他时间员工一律得住在公司，不然只能离职。

好变态的公司——人事经理告知这个消息的时候，大多数同事这么抱怨。而小懒第一个反应是——是不是这样，就不能和木木住在同一个屋檐下了呢？小懒的第一个想法是离职。

可是，如果是无谓的牺牲呢？如果木木对小懒没有任何感觉，那岂不是失去爱情的同时也要丢掉工作？

听说陷入爱情的人总会昏头昏脑，看来小懒是个很现实的人哎。冥思苦想了好久，小懒想出了如下方案：

No1. 直接向他表白，如果他接受了，就辞掉工作重新找；如果拒绝了，就把现在的房子退掉，老死不相往来。可是……太难为情了，打死也不要主动直接告白，太没面子了。

No2. 继续迂回委婉曲折暗示……周六日不加班就赶回来，可是……何时是个头啊。每月只住那么几天，和木木的交流也会减少很多，房租却是按季度支付哎，好亏。

No3. 退掉这里的房间，可以节省很大一笔开支，然后只要有时间就跟木木交流，约他出去，总有一天他会明白自己的心意的。可是……如果退掉房子，再搬过来一个女生也喜欢上木木怎么办？那时候哪里还有自己说话的份？

……思来想去，貌似唯有第一个方案比较保险。

或者，女生要豁得出眼下，才有机会赢得不久的将来？

那么就试试看吧。

——明晚约木木在外面吃饭。

2004年4月30日 ☑

同木木吃饭归来，小懒的心情久久不能平静。

《大话西游》里紫霞仙子怎么说的来着：我猜中了开头，可是我猜不着这结局……

小懒和木木一起吃了涮羊肉，人多，很吵。基本上没聊什么，光顾吃了。吃完后，小懒提议四处走走。木木同意。从火锅店到古城公园，从古城公园到古城小区，绕了三个完整的大圈子。跟木木聊了最近在不断上涨的物价，聊了公司专靠胡编乱造栽赃陷害别人升职的八婆男，聊了中国足球的未来发展，甚至聊到了阿橙两周没洗澡……唯独没聊到爱情。

木木也在找着各类话题，他知道我今天有些怪，他知道我有话要说——小懒这么猜测。

他不问，对反复地绕圈散步也不提出异议，到了转弯回去的路口，他会微微减慢速度停下，始终慢小懒几步。小懒继续走，他便跟上。小懒停下，他也站住不动。

那一刻小懒其实还是想做逃兵，心中暗自思忖：如果围着这个小区，走过十圈，他也不提出回去，那么小懒就告白。

四圈。

五圈。

……

八圈。

九圈。

十圈。

——算你狠。

小懒有点忘记了自己当时说的是"我很喜欢你"，还是"我爱你"——这些着实记不清楚。印象最深的是开口时的艰难——仿若系了一个千斤重的铁锁，难以开口，全身都在冒汗。第一次心跳得那么快，小懒甚至担心一公里之内的行人都能察觉到她加速的心跳。

可能也是在那一个时刻明白——其实爱一个男生去主动表白并不难，难的是抑制自己想要做逃兵时找借口、找理由、推迟告白的犹豫和胆怯。

小懒蓦地想起从上学到现在，是有那么一些男生曾主动向自己表白，因为不喜欢，自己摆出种种高姿态，从未曾介意对他们可有造成什么伤害。所以在这个时刻，小懒暗自告诉自己，如果以后有人主动向自己表白，无论自己喜欢与否，至少对人家态度好点，拒绝也要拒绝得礼貌些。

跑题了……喀喀。

不知道有多少人有过主动告白的经历，所以也不知道对方给予的以下答复，哪一个会多一些：

好啊，我也喜欢你很久了。

我一直在等你表白。

那就在一起喽。

不好意思，你误会了，其实我一直把你当好朋友。

我已经有女朋友了。

我一直当你是哥们儿啊。

开玩笑的吧，哈哈，你真逗。

……

——木木给小懒的回复，以上几个都没中。

他比小懒还要紧张，手抖个不停。所以不如他紧张的小懒，听到比小懒更紧张的他在说：

我对你一直有好感，但请给我两周的时间，彻底弄清楚自己的心意。这样，对你我来说，才是最好。我不希望我们仓促地在一起，随便仓促地做决定，是不负责任的表现，有可能将来会出现很多问题而导致分手。我也不想直接回复你不可以，因为和你相处的这段时间里，我慢慢了解了你的为人，喜欢你，也关心你。可是抱歉，我还无法确定这到底是不是爱情。请给我一些时间。明天放假，我会回老家，算上七天的年假，两周后我回来给你明确的答复。

小懒昏了头脑，温柔地、体贴地、善解人意地说"好"。可是等自己回到房间，才想起，房子的问题，要怎么办呢？

只好先搬到公司的员工宿舍去，同时保留现在的房子。大不了，多交些房租而已。

舍不得 money（钱），套不着……木木？！

| 2004年5月5日 | ☑

在家里一点意思都没有。

小懒很想念木木。

她翻到手机里的记事本，找到了一条不知道什么时候记下的木木语录：大家都夸我长得黑。

　　啧啧。就没见过这么乐观的人……所有因为长得黑而自卑的女生，听到了吗？"大家都夸我长得黑"，那是不是可以说——

　　大家都夸我的瓜子牙长得可爱。

　　大家都夸我的睫毛长得短。

　　大家都夸我的上衣有点旧。

　　大家都夸我赚钱赚得少。

　　……

2004年5月10日

　　忍住！

　　小懒这几天一直没有和木木联系。木木也没有主动联系小懒。

　　接连几晚都没有睡着，小懒在床上翻腾得死去活来。

　　爸爸说，你好像有问题哦。

　　妈妈说，你抽什么疯。

　　老哥说，你神经病啊，小妮子春心动了哦。

　　……

　　这些天的坐立难安、心神不定、朝思暮想、战战兢兢、患得患失、辗转难眠……全都是木木你，赐给小懒的。

　　所以——

　　所以——

　　所以——

　　把你弄到手后，看我怎么"回报"你！

| 2004年5月16日 | ☑

木木终于回来，又带来了好多家乡特产。

见面的时候好尴尬。

小懒帮他一起整理了行李和房间后，木木说一起出去吃饭。

小懒跟在后面说好。

两个人一前一后走在昏黄的胡同里，昨天下过雨，加上不久前有施工队施工的缘故，路面积了很多的水，一不小心就可能踩到一裤脚的泥。木木走在前面，小心翼翼地探着路，时不时回过头看小懒。路灯有些暗，小懒看不清他的面部表情，脚下的路坑坑洼洼，她的心也跟着七上八下。

不知道他即将给出的答案，可是小懒所期盼的那一个？

如果不是，那么此行，将是他们最后一次同行吧？

这么想着，跟在他后面的小懒脚步突然变得好沉重。

拐过一个转角，木木陡然停住脚步，小懒看到他伸出手，摊在自己面前，说："给我吧。"

刹那间小懒有些愣神，没有明白他的意思。站定想了一会儿，小懒猜测他是要收回自己的钥匙——那么就是拒绝咯？可是也不必这么狠吧？人家中介退租还会提前一个月通知呢，再说了，阿橙是二房东，你又不是！

小懒愤怒到随便给点火星就能着的状态时，木木很自然地抓过小懒的手，说："走吧。"

他牵着小懒的手，两人并肩走在路上。

他说："我们在一起吧。这一阵我强迫自己不联系你，可是好想你。我想，我终于明白对你是什么样的情感了。"

小懒紧张到连"嗯"的声音都发不出，感觉像是在做梦，担心呼吸稍微重些便会打破这令她深陷的美梦，就这样任由他牵着手继续走。

不知道过了多久。

木木：呃，我们……呃，是不是，呃，是不是有点不对？

小懒（迷糊）：啊？

木木：我是说，你有没有觉得哪里不对头？

小懒（紧张）：啊，哪里？怎么了？

木木（甩甩两个人牵着的手）：呃，别的情侣也像我们这样吗？

小懒：到底怎么啦？

木木：我是说，是不是应该拉着手才对，这样十指交缠擎在半空好怪哦，好像托着什么东西似的。电视里演的没有像咱俩这样的。

小懒：……

那么，终于，在一起了。

2004年5月17日 ☑

小懒和木木确立恋爱关系后的第一次约会，选择了肯德基——和男朋友去吃"全家桶"是小懒一直以来的梦想。因为觉得温馨吧，吃了"全家桶"就像是两个人成了真正的一家人一样。

木木因公司有事会来得晚一些，小懒一个人找好了位子在肯德基里面等他。闲着无聊，小懒从报刊亭买了本杂志边看边等。

对面不知道何时坐了个老太太和一个五六岁的小男孩，小男孩舔着手里的甜筒的同时，眼巴巴地看着小懒。

男孩（指着小懒手里的杂志）：奶奶，我也要看！

奶奶：你又看不懂，吃甜筒啊，小轩乖。

男孩：不嘛不嘛，我要嘛。奶奶去买，去买嘛。

小懒：呃，我的送给你吧？

男孩：谁稀罕，我才不要你送的。

奶奶：好，你等着，我这就去买。

五分钟后，奶奶回来，拿着一本跟小懒手里的一样的杂志，同时，狠狠地给了小懒一个白眼。

看杂志看得无聊，小懒去买了一袋鸡米花回来，边看边吃。

男孩（指着小懒手里的鸡米花）：奶奶，我要吃鸡米花。

奶奶：你已经吃了一个汉堡和大盒的薯条了，改天吃吧，小轩乖哦。

男孩（摇晃着身体撒泼）：不嘛，我就要吃就要吃！

奶奶（无奈）：好好好，奶奶这就去买。

五分钟后，奶奶回来，拿着一份跟小懒吃的一样的中份鸡米花，同时，狠狠地剜了小懒一眼。

不知过了多久，木木风风火火地赶到了，气喘吁吁地坐在位子上。

木木：小懒，你去点餐吧，累死我了。

小懒：好啊，你等着，我去点全家桶。

奶奶（突然站起来冲着小懒怒吼）：我就从来没见过你这么缺德的！你太坏了你！

木木：？

小懒：……

2004 年 5 月 20 日 ☑

阿橙再次出差回来，隐隐觉得家里的气氛不对，但是又说不出是哪里不对，于是跟在小懒的身后反复试探。

阿橙：小懒，家里是不是有什么事情发生？感觉怪怪的哦。

小懒：喀喀，没有的事，一切正常。

阿橙：是吗，可是我还是感觉好怪哦。

小懒：……是你多心啦。

阿橙：哦。好吧。那个，我饿了，去给我做饭！

小懒：凭什么，你有手有脚，我才不去。

阿橙（坏笑着）：哼哼，你可不要怪我……

木木（大喝一声）：阿橙你给我住手！

阿橙：木木，你来得正好，咱俩一起欺负小懒吧！

木木：欺负你个头，我告诉你，小懒现在是我女朋友，以后不许欺负她，听到没有。

阿橙（瞪大眼睛）：……什……什么时候的事？

小懒：木木，你来得正好，我们一起欺负阿橙吧！

木木：好啊，好啊！小懒，一起上！

阿橙（挣扎着）：到底什么时候的事儿啊？

木木 & 小懒：要你管！打他，揍他！

小懒心得：有了男朋友就是好啊就是好。

挑日常

| 2004年5月23日 | ☑

　　小懒住在集体宿舍,每周和木木相聚的时间只有两天,还有五个多小时在路上,最终小懒选择了辞职。她在网上投了一阵子简历,在两家公司之间犹豫不定。一家是清华大学的教师投资建立的玩具研发公司,规模比较小,但是是很可爱的职业。因为小懒学过播音和主持,又发表过作品,他们很希望小懒担任智能玩具的编剧,并给玩偶配音。另外一家是外企,做网站编辑。木木说毕竟是外企,规模也大,就去这家好了。

　　其实小懒挺想去玩具研发公司的。不过,既然木木这么说,那就这样吧。
出了地铁口,路过音像店时,小懒同木木一起去还上周借的DVD。

木木(操着蹩脚的普通话):老板,我要黄(还)片。

小懒(装作不认识):……天气不错啊。

老板:……

众人:……

木木:哎,小懒,你干吗那么诧异地看着我,你脸红干吗?(转过头对老板)老板,快点啦,我要黄(还)片……

小懒:……

| 2004年6月2日 | ☑

和木木交往之前,小懒最钦佩木木的一点是:他虽然是男生,但对各类美食都非常有研究,煎炒烹炸样样精通。

能够每天都吃到木木做的饭——是小懒很奢侈的梦想。

在交往之后,小懒曾经天天奢侈过……但这种局面很快被狡猾的木木打破了。

木木:小懒,你知不知道红烧鸡翅怎么做?

小懒(汗颜):不知道哎。

木木:没关系,我来教你。(在厨房手把手地教,此处省略五千字红烧鸡翅的做法。)

第二天。

木木:小懒,我给你做清蒸鲈鱼哦,你过来看嘛。

小懒:好的。

木木在厨房手把手地教小懒,此处省略五千字清蒸鲈鱼的做法。

第三天。

木木:小懒,今天我买了猪蹄,我做给你吃吧。

小懒:好的。

木木在厨房手把手地教小懒,此处省略五千字红烧猪蹄的做法。

第四天。

第五天。

……

木木:小懒,现在你都会做了吧。

小懒(骄傲):哈哈,你的手艺我基本上都学会了。

木木:太好了,从今天开始你逐一做给我吃,我来验证一下。

小懒(屁颠屁颠):好啊好啊。

此后,每天下班前木木和小懒都会雷打不动地发生如下对话——

木木：小懒，我今天想吃丸子蔬菜汤哎！

小懒：好啊好啊，我来做。

木木：小懒，今天做红焖猪蹄吧？

小懒：没问题。

木木：小懒，好久没吃红烧鸡翅了。

小懒：你回家就可以吃到了。

……

日子就这样慢慢过去了——

木木（意味深长）：哎，女朋友会做饭真是件幸福的事情。要知道，我最奢侈的梦想就是每天都可以吃到女朋友给我做的香喷喷的饭菜呢。

小懒：……殊不知正是你的奢侈切断了我的奢侈……

小懒总结：小懒太单纯，木木太狡猾。

| 2004年6月6日 | ☑

木木的生日送什么礼物好呢——交完这次的房租，小懒的钱包里只剩一千块。

小懒去电器城转了几圈，看中一款剃须刀，要八百多。只要想到他每天都可以用上自己送的剃须刀，小懒就变成了偏执狂，王八吃秤砣——铁了心地想送给他。一定要送。小懒毅然决然地将那款剃须刀买了下来。

小懒今天送给木木的时候，他很开心地接过，但是放在了高高的橱柜里。

小懒：你为什么不用？

木木：我现在有啊。等把现在的用坏了，再用你送给我的。

小懒：可是剃须刀基本上来说，不太容易坏吧？

木木：那就慢慢等咯，话说我确实舍不得用。

小懒：……

趁木木去厨房的工夫，小懒径直走到木木的卧室。小样，就不信我治不了你。

小懒打开电动剃须刀，拿着它，嗞啦嗞啦在房间晃动。

木木：小懒，你在做什么。

小懒：我在用你的电动剃须刀啊。

木木：啊，你要干什么？

小懒：没事了，我用你的剃须刀剃下腋毛，书上说这样很干净。

木木（冲出厨房，来到卧室）：你敢，给我停下！

小懒：太晚了，刚刚已经用了。

木木（不相信）：真的用了？

小懒：真的用了。

木木：你太过分了，你知道我有洁癖的。

小懒：对啊，我知道。

木木：那你还……

小懒（偏执狂）：没什么，我只是想让你现在就用我给你买的新剃须刀。

木木：……放心好了。打死我我都不会用你剃过腋毛的剃须刀来剃胡须的。

小懒（伤心）：你果然嫌弃我……

木木：……反正我不会忘记你在我生日的这一天，送我这么残酷的礼物。

小懒：……

2004年6月9日 ☑

和小懒交往之前，木木温文尔雅，从来不发脾气，说得最过分的骂人的话是"你太过分了"。在同小懒交往之后，整日里耳濡目染，木木同学——逐渐变坏了。

清早，小懒和木木出去跑步。木木突然停下来。

小懒：木木，你在干什么？

木木：我在系鞋带。

小懒（发火）：你就不能跑着系鞋带吗！

木木：……你太过分了！你跑着系鞋带给我试试看。

木木：那个谁啊，把那个啥那什么一下……
小懒：你就不能把话说清楚一点吗？谁知道你在讲什么。
木木（委屈）：你太过分了，我不就是说话含糊一些嘛，至于吗！

木木：小懒，你闻闻我的脚臭不？
小懒：你神经病啊，我才不闻咧。
木木：只是叫你闻闻脚丫而已，骂什么人。

木木：小懒啊，下班后你来我们公司楼下吧，我们一起去逛街。
小懒：好啊，我在哪里等你呢？
木木：你在我们公司对着四环的那个大门那里等我。
小懒：……我哪里知道哪个是四环！
木木（忍耐住坏脾气）：那你在我们公司冲南面的大门等我。
小懒：……我哪里知道哪个是南。
木木（沉默中突然爆发）：……你来我公司二十几趟了还不知道哪里是四环？你在北京生活七年了，到现在还不知道哪里是四环？
小懒：……

2004年6月12日 ☑

小懒下班后在地铁站里等木木，然后一起回家。
木木＆小懒：石头，剪子，布……
小懒：……我赢了！快点，把衣服弄好，我要开始戳了！
木木：先等一下！我的意思是谁输了就是谁赢。

小懒：到底是赢还是输？

木木：输的人才能戳！

小懒：你赖皮不？要脸不？是男人不？

木木：你少人身攻击，事先又没有说赢的人来戳！

小懒：废话，我管你，这样决定输赢当然是赢的人来戳，懒得管你。我戳戳戳……

木木（遮掩）：不让就是不让，不让……

小懒：哈哈，戳到了！再来！

小懒＆木木：石头，剪子，布……

小懒：我就算到你会出剪子，嘿嘿……

木木：……这哪里是剪子，明明是石头，我不过是手指头稍微出来一点……

小懒：你赖皮不？要脸不？是男人不？这是一点吗？你家一根指头是一点啊？

木木：……你戳吧！

小懒：一二三……哈哈……再戳一下，一二三……

木木：只许戳一下的，你要赖！没有这样的，我不和你玩了。

小懒：你刚才还耍赖呢，你要是不耍赖我能耍赖吗？

木木：那……我们再来好了。

小懒＆木木：石头，剪子，布……

小懒：哈哈……我又赢了。

木木：什么，这次是三局两胜！

小懒：你赖皮不？要脸不？是男人不？我还五局三胜呢！赶紧过来,站好！

木木：好了，算我让着你，来吧！

小懒：少摆出视死如归的样子，看招！啊，没有戳到，哼，再补两下！

木木：你又多戳我，哼，我也戳你……

——我们究竟在做什么？

我们在用石头、剪子、布的方式决定输赢，赢者可以用食指隔着衣服戳对方的肚脐眼儿。把衣服拉平，是很难戳到肚挤眼儿的。

这样的游戏在地铁里玩，可以很快地打发时间。

| 2004年6月17日 | ☑

木木的同学聚会上，他介绍小懒时，大家一片起哄，吵闹着要他们交代俩人的恋爱细节。木木为了照顾小懒，主动承担了所有的"罪行"，编起瞎话来一套一套的，连小懒自己都快信以为真。

小懒回家时确实有点闷闷不乐。

"如果他喜欢你，他一定会主动追求你；如果他不喜欢你，你主动追求了也没有用"的论调压得小懒喘不过气来。

为了找回心理的平衡！为了严惩木木之前没有对小懒先采取主动！为了报复木木同学之前长达两周的折磨！小懒决定：让木木每天写一封情书给自己！每篇不得少于一千字！木木死活不同意，小懒只好软硬兼施，连哄带骗，就差一哭二闹三上吊……最后木木终于同意了！哦耶！小懒立刻去超市买来一个特别漂亮的记事本交给木木。

第一天，木木在晚上十一点之前交稿——郑重地交到小懒手里——

木木（动情）：小懒，这可是我第一次给你写情书。我很用心，你要知道写字对于我这样一个学经济学专业的人来说，是多么难。所以你肯定会认真地看，然后用心地给评价的对吧？

小懒（兴奋）：当然当然，一定一定。

木木：所以小懒，为了不打消我的积极性，我写了多少字，你的读后感肯定也会写多少字的是吧？

小懒（仍不知中计了）：当然，你放心。你写多少字我评价多少字。

木木：成交！

小懒（看后感动）：你真的是很早就喜欢我，但是一直无法确定到底是爱还是喜欢吗？真的是即便我不主动告白你也会在不久后的一个月里主动追求我吗？你真的是……

木木（频频点头）：都是、都是。小懒你相信我，我一直是那么想的，只是你等不及先告白了而已。

小懒：我知道了……

木木：小懒，你要点评哦，我等着你。一定要今晚哦，我迫不及待呢。

小懒：可是已经十二点了，我明天还要工作哎。

木木：可是如果我写的情书和你的点评不是同一天进行的,我心里会很难受。

小懒（为难）：好吧好吧，我写就是了……

情书读后感写到深夜一点多，小懒第二天揉着惺忪的睡眼上班的时候，并没有注意到身边木木狡黠的笑容。

第二天晚上零点。

木木：小懒,这可是我绞尽脑汁、掏心扒肝为你写的情书,你一定会认真看的对吧？你不会打消我的积极性吧,那你的读后感一定会今天交给我的对吧？

小懒：……好的。

情书读后感写到深夜两点多，小懒第二天揉着惺忪的睡眼上班的时候，并没有注意到身边木木狡黠的笑容。

第三天。

第四天。

……

小懒（打着哈欠）：木木，以后不用写情书了，真的不用了。

木木（假装不乐意）：啊，为什么？真的不用吗？你确定？过了这村可没下个店，当真不反悔？那可是我很用心写的情书，是我和你增进感情，彼此更好地沟通的方式哎。

小懒（翻白眼——为了睡个好觉，打死也不反悔）：喀喀，我们可以换个别的方式沟通嘛，没有必要非得写情书。

木木（偷笑）：成交！

木木总结：其实"表白"这件事，谁先开口都没关系，关键是，我们可以在一起。

| 2004年6月20日 | ☑

阿橙租来了《泰坦尼克号》的 DVD 躲在房间里看。因为当初他是和大学时的初恋女友一起看的，如今初恋女友已经嫁人，自己仍独身一人，所以租来再看看，借以怀念当年"激情燃烧的岁月"。阿橙一边看，一边对当年懵懂的爱情唏嘘不已……木木和小懒觉得有些过意不去，觉得是自己的恋爱刺痛了阿橙，为了补偿他，他们决定陪他一起看。

看着看着……他们突然听到门铃响。

小懒跑去开门，是对门的大叔（电脑盲）想请阿橙帮忙看看家里的笔记本电脑哪里出了问题，为什么老是死机。

因为和大叔很熟，小懒便请大叔进来找阿橙。

结果……电影刚好演到 Jack 帮脱得光光的 Rose 画画的剧情……所有看过这部影片的，喀喀，应该都知道这里的场景。

小懒、木木和阿橙目瞪口呆之际，听到身后身经百战的邻居大叔平静地说："嗯，Rose 躺着的沙发料子真不错！"

小懒 & 木木 & 阿橙：……

| 2004年6月24日 | ☑

小懒一直认为木木成熟、稳重……可是，最近在交往的过程中，她发现，好像完全不是那么回事。他完全是个孩子嘛！

——小懒和木木吵架了。

这天晚上，小懒的心情本来是很好的，和木木吃过饭，又买了些水果和麻辣鸭脖，准备晚上边看电视边吃。没想到，在回家的路上两个人竟吵了起来。

小懒：木木，你觉得是我好看，还是你们单位的小静好看？

木木：当然是你好看了。

小懒：嗯，这还差不多。那是我苗条，还是她苗条？

木木：呃……这个嘛，那我说了你不许生气。

小懒：说吧，我绝对不生气。

木木：严格意义上来说，你胖一些。你减肥怎么样？我听说只要晚上不吃饭，就会瘦下来。

小懒：你这个白眼狼，我早就知道你嫌弃我了，好了，你别和我说话了，去找那些苗条的漂亮小姐去吧！

木木：老婆你不要生气嘛，是你说过不生气的……哎，你不要打我的头，我只是实话实说啊……你干吗掐我，啊……青竹蛇儿口，黄蜂尾上针，两般不为毒，最毒妇人心啊！

小懒：你还说，看来你是不想活了，行了，今晚我不回家了，你自己上楼吧。

木木：别闹了，都这么晚了，赶紧回去。

小懒：就不去，除非你向我道歉。

木木：我才不道歉，我又没有错。

小懒：既然你这么说，那我告诉你，即便你现在跟我道歉，我也不回家了。你自己回去吧。

木木：……好吧，那我先回去了。

说完，木木就自己径直上了楼，丢下小懒在原地目瞪口呆。

小懒：天，他居然真的上了楼，这个烂人，怎么可以这样对我？

小懒没好气地坐在小区里的石凳上，上去也不是，不上去也不是。她决定再待十分钟，就不信木木不下来哄自己！他就不想想，万一有什么坏人把她劫走，又劫财又劫色怎么办？

财，小懒摸摸口袋，晕，哪有什么钱啊，钱包在木木手里。自己没有带包，裙子又没有口袋，所以把钱包放在木木那里了。色？哎，这一阵在单位吃得太好了，喀喀，是胖了些，都没有色了，可是没有办法啊，谁叫自己一天都离不开肉呢？那个，一天不吃肉就会空虚啊！

如果有人住在长虹小区，这天晚上的十点，就会看到在月光下，一个穿着米色裙子的姑娘，提着一袋鸭脖子，在石凳上蹦来蹦去，还不时地望望对面单元楼上的房子，可就是不上去。

夜风袭来，还真有些冷，时不时就有那么几只蚊子和小懒来点亲密接触。天，这是造的什么孽啊，凭什么要小懒一个人遭这些罪？小懒不能再等待了，不能再这样下去了，凭什么木木舒舒服服地在床上躺着，开着空调，风吹不着，蚊子叮不着，而小懒却要遭这份罪？

上去！说什么都要上去！木木，看我怎么收拾你。

推开门，木木还真在床上躺着，如小懒所料，开着空调，悠闲幸福至极……

见小懒进来，木木大人板起了面孔。

他居然板起了面孔！

小懒气不打一处来，正要爆发，突然听到木木说了一句让小懒无比郁闷、哭笑不得的话，这句话，小懒相信自己多年以后还会记得，一句绝对可以让人四脚朝天、无法应答的话——

木木：哼，我知道，你把所有的鸭脖子都吃了，就是想要逼着我下去哄你。我才不会那么没志气呢，大不了明天我自己再去买。

小懒：……

2004年6月29日 ☑

和小懒交往之前，木木一直认为小懒大方又善良。交往之后，木木觉得——

全是假象！假象！被欺骗了！

　　这天下班，小懒买了很多水果，有菠萝、杧果还有西瓜，沉甸甸的三大提兜放在桌子上。木木下班回到家，选了半个西瓜开始吃。

　　第二天。

　　木木：小懒，给我洗个杧果哦。

　　小懒：……被我吃光了。

　　木木：怎么着也有三斤多吧，你都吃了？

　　小懒：对啊。

　　木木（着急）：那你就不知道给我留点？

　　小懒：喀喀，刚吃的时候的确想给你留一半，可是吃了一半之后，觉得不过瘾，打算再吃掉剩下的一半的一半。吃完剩下的一半的一半的时候，仍然觉得不过瘾，心想，反正也没剩多少了，不如全吃掉吧。

　　木木：……那应该还有菠萝吧？

　　小懒：菠萝你昨天吃西瓜时我就吃掉了啊。

　　木木：那，请问，今天有什么水果吃吗？

　　小懒：有啊。冰箱里还有白萝卜，你可以切来吃。绿色、卫生又有营养，没听人说吗，"白萝卜，赛人参"。

　　木木：我不要吃。

　　小懒：……你太挑剔了。

　　木木：……

| 2004年7月5日 | ☑

　　小懒跟木木吵架了。原因——忘记了。反正，小懒很生气。生气！生气！生气！生气！

　　木木：小懒，不要生气了。

小懒沉默。

木木：你不要生气了。

小懒继续沉默。

木木：我给你做好吃的。实在不行，你打我一下解解气？

……

木木放低了姿态，左哄右哄。小懒噘着嘴巴，就是不说话。

木木（半跪在地上，双手放在小懒的膝盖上）：小懒，真的，求你了，你说话吧！

小懒（打死也不说）：哼！

木木：小懒，你看，你气得鼻毛都出来了！

小懒：……

木木：哇，你鼻毛好长啊！

小懒：……

木木：小懒，你有眼屎，好大一块！

小懒：……

木木：哇，小懒，你还有耳屎哎！好大一团！

小懒：……你给我消失！

木木：哈哈，你说话啦！

小懒：……

| 2004年7月13日 | ☑

和木木交往之前，小懒认为木木勤劳又稳重。交往之后，小懒觉得——全是假象！假象！被欺骗了！

小懒：木木，你最近怎么不刷鞋子了？以前不是至少一周刷一次吗？

木木（惊诧）：有女朋友了还要自己刷鞋啊？

小懒：……

小懒：木木，你怎么好久都不拖地了？
木木：哎，我记得你一直都很喜欢拖地啊。我这么爱你，当然要把这个机会留给你咯。
小懒：……

小懒：木木，去洗碗吧。
木木（可怜巴巴地看着小懒）：真的要我去洗吗？
小懒：对，去吧。洗干净点。
木木：小懒，我突然发现你今天特别好看！
小懒：哦。
木木：你今天好像瘦了耶！
小懒：哦。
木木：我听说洗碗可以减肥，而且效果特别好！
小懒：好，那你去减肥吧，我批准了。
木木：……

| 2004 年 7 月 26 日 |

这天，小懒去菜市场买菜，突然参悟到了一个很重要的哲理，她要记录下来！

浪漫，就是自己做完一桌丰盛的饭菜后，看到他狼吞虎咽地吃着，一脸幸福的模样。

现实，却是带着一身的疲惫，挤了整整一个小时的地铁去菜市场，愤愤地哭诉道：

"呜呜呜，凭什么每次都是我回家做饭？"

| 2004年7月28日 | ☑

小懒有一个让木木深恶痛绝的癖好——
喀喀，就是，小懒特别喜欢逼着木木一起演情景喜剧。

No.1 机器猫

小懒：木木，今天咱们演《机器猫》吧。

木木（痛快地答应）：那我演胖虎，你演大雄。

小懒：好啊，大雄就大雄，开始吧。

木木（用拳头狠狠砸了小懒一拳）：大雄，你刚才做什么去了？

小懒：哎呀，你打死我了。你就不能轻点？

木木：动画片里胖虎就是这么欺负大雄的。

小懒：……那你轻一点啊。

木木：可是那样就不逼真了啊。你到底演不演，不演我看足球去了哦。

小懒（委屈）：好嘛好嘛，演就是了。

木木（上来又是重重一拳）：大雄，你说，你跟谁玩去了！

小懒（痛得龇牙咧嘴）：我找小静玩去了。

木木（再次重重一拳）：小静是我的马子，以后不许你去找她。

小懒：……我不玩了我不玩了，我不演大雄。我要演胖虎！

木木：行。你演就你演。（对着小懒胳膊又是重重一拳）胖虎，你就是欠揍！

小懒（疼得揉胳膊）：你怎么又打我？

木木（再次重重一拳）：我是机器猫啊，谁让你老欺负我们家大雄？！

小懒：……我跟你拼了！

No.2 蜡笔小新

小懒：我们来演《蜡笔小新》，你选角色吧。

木木：我选阿呆。阿呆词比较少，动作也简单。

小懒：我以为你会选广志，演小新的爸爸，那样我就演美伢。阿呆会很闷，你得积极主动一点，才能跟我搭戏。

木木：哦，这样啊，那我选正南。

小懒：好吧，那我就演小新好了（计上心头）。正南（对着木木胳膊一记重拳），把你的小熊饼干给我吃。

木木：……

小懒（接着一记重拳）：你发什么呆，还不快点给我！我可是要生气了哦，哈哈！动感光波！biu biu biu！

木木（左侧身假装对身边的人说话）：阿呆，小新欺负我。你过来帮忙，我把一半的小熊饼干给你。

木木（转回身对准刚才站立的位置）：我是阿呆，正南你放心，我一定帮你打败小新。

木木（转过身语气平稳）：我现在是正南。妮妮，妮妮，小新欺负我，你过来帮忙，我一会帮你找好多帅哥，还和你一起玩过家家。

木木（右侧身假装对身边的人说话）：我是妮妮。正南你放心，我一定帮你打败小新。

木木：死小新，大家上啊（拳头如雨点般砸在目瞪口呆的小懒身上）！

小懒（目瞪口呆）：……不许一个人饰演多个角色！

No.3 罗密欧！朱丽叶！

小懒：木木，今天咱俩演罗密欧和朱丽叶那一段吧。

木木：不要了……我不喜欢玩这个。

小懒：来嘛来嘛。只要你演了，一周的碗都不用你洗了。

木木（勉为其难）：好吧。

小懒：那我们演朱丽叶死的那一场吧。啊，罗密欧，永别了（小懒把头一歪做自尽状，倒在木木怀里）。

木木（抱着小懒悲痛地高呼）：猪（朱）！

小懒：……

木木（继续悲痛地高呼）：猪（朱）！你怎么舍得离我而去啊，猪（朱）！

小懒（黑脸）：你能不能叫我朱丽叶，不要叫我猪！

木木：……猪（朱）这个昵称多好啊，你太挑剔了。

小懒：不许叫我猪！

木木（无奈）：好了，啰唆。我知道了。

小懒：那我重来了啊（小懒把头一歪做自尽状，倒在木木怀里）。

木木：啊……朱丽叶！（深情地凝望着小懒，深吸一口气）IQ、IP、IC卡，通通告诉我密码！

小懒：你给我消失！

2004年8月2日 ☑

小懒和木木去吃自助餐，很不争气地两天没吃饭，把饥饿攒得每人可以吞下一头牛，然后很没骨气地横着从餐厅里出来。

木木：哇，吃得好饱，都快把肚子撑破了。

小懒：是啊，我都走不动了。不如我们坐人力三轮车回去吧！

木木：得了吧，这么近，坐什么三轮车，散散步，走几步马上就到家了。走吧，就当是减肥了。

小懒：可是……呃……真的走不动……（脑筋一转）哎，咱家还有西瓜呢是吧？嘿嘿，想到家里还有水果吃，我突然就有了走回家的动力。

木木（忧心忡忡）：听到你这么说，想到你的肚子鼓成这样还能吃下去，我突然觉得好有压力……

小懒：……

| **2004年8月23日** | ☑ |

好久没有提到阿橙了。

可是……这也正常啊。恋爱的人,眼里哪里还装得下别人?不过,今天还是允许阿橙出镜一下吧。

阿橙最近心情很不好,老是自己和自己较劲,并时常无视小懒和木木的存在(或许是小懒和木木经常无视他的存在)。

晚上太热,阿橙坐在蚊帐里。

阿橙:讨厌,我的蚊帐里有只苍蝇!

木木:弄出来就好了。

阿橙(抓起床头的一本书,扑打着):叫你飞,叫你飞。

苍蝇非常执着,不论阿橙怎么赶,就是不飞出去。它似乎认定了阿橙的蚊帐,要在这里度过今年的夏天。

阿橙:就不信搞不定你。保证让你后悔都来不及。

阿橙把蚊帐放好,不露出一丝空隙,接着在蚊帐里,左右手各抓一本书,两只手不停歇地来回挥舞。苍蝇被困在蚊帐里,不得停歇,随着阿橙的驱赶,只得在狭小的空间里团团飞。

十分钟过去了,阿橙分秒不停歇地挥舞着。

三十分钟过去了,阿橙分秒不停歇地挥舞着。

五十分钟过去了,阿橙分秒不停歇地挥舞着

八十分钟过去了,阿橙分秒不停歇地挥舞着。

一百分钟过去了,阿橙分秒不停歇地挥舞着。

……

苍蝇终于停在蚊帐上,一动不动。

阿橙(用书拨拉着苍蝇):小样,你不是挺牛的吗?飞呀,你倒是飞呀!

木木 & 小懒(瞠目结舌):……有毅力,有魄力!

撩句单

| 2004年9月19日 | ☑

　　因为木木和小懒商定了"十一"回小懒的家乡秦皇岛见小懒的父母，所以——木木最近总是怪怪的。

　　木木：小懒，你爸妈喜欢什么啊？

　　小懒：我爸爸喜欢喝茶。我妈……喜欢化妆品，还有漂亮衣服。

　　木木：哦，这样。我这周就去给你爸爸买化妆品和漂亮衣服，给你妈妈买好茶叶喝。

　　小懒：……

　　小懒：木木，把梳子递给我一下。

　　木木（抓过桌上的水杯）：哦，给你。

　　小懒：不是，我要梳子。

　　木木（抓过桌上的遥控器）：哦。

　　小懒：你到底有没有听我讲话？

　　木木（若有所思）：小懒啊，你觉得我真的长得很黑吗？

　　小懒：怎么啦？为什么突然问这个？

　　木木（愁眉苦脸）：万一你爸爸妈妈嫌弃我长得黑怎么办？

小懒（一咬牙）：……没关系，你长得黑才能衬托我长得白。再说了，黑是健康美嘛。

木木：哦，也对。可是，可是……

小懒：好了，别可是了。你紧张什么，对自己这么没信心啊？

木木（打肿脸充胖子，强词夺理）：不是紧张，就是没有安全感。

小懒：这跟安全感有什么关系？

木木：我是担心，本来你就经常欺负我，万一你爸妈也不是特别喜欢我，回头全家集体欺负我怎么办？

小懒：……

木木（在屋子里团团转）：不紧张不紧张！

小懒：木木，放心啦，我爸妈会喜欢你的。我这么喜欢你，你又这么帅，他们不会有意见的。

木木：我真的很帅吗？可是为什么只有你夸我帅？

小懒：因为别人不好意思直接夸呗。他们嫉妒你，他们自恋，不肯承认除了自己之外的人长得帅气。

木木（继续在房间里晃来晃去）：他们嫉妒我，（编成歌谣，hip-hop的节奏，边跳边唱）他们都自恋，哦哦耶耶；他们不肯承认，哦哦耶耶……我最帅，我最帅，你没我帅！

小懒：……

| 2004 年 10 月 5 日 | ☑

木木和小懒的爸妈终于见面了。不过，紧张的不止木木一个人。

小懒的爸爸 & 妈妈：木木好，快请进。

木木（大嘴巴咧成一朵花）：叔叔好，阿姨好。

木木和小懒把随身带着的包包放到房间里。过了一会儿，木木提出要去院子里转转。

小懒家里养了一只半人多高的很厉害的苏联红犬，平时是散养在院子里的。一旦有客人来，就需要把苏联红犬赶到由铁栅栏制成的狗窝里面去。听到木木那么说——

小懒的妈妈：小懒，去把木木关狗窝里，让狗去院子里转转。

木木：不是吧，为什么要这样对我？

小懒：……

| 2004年10月14日 | ☑

小懒的爸爸妈妈对木木很满意……就是觉得木木的家乡海南太远，回家的成本太高。不过，因为木木表现得实在太好了，那几天他跟在小懒的爸爸妈妈身边跑前忙后，嘴巴甜得像抹了蜜一样，所以小懒的爸爸妈妈越看木木越喜欢。等到木木回到北京，仿佛卸掉了千斤重担，又傲娇起来。

小懒：木木，把你的U盘借我用一下。

木木：哦，在我包包里，你去拿吧。

小懒（拿起木木的包，仔细翻找）：我找不到哎。

木木（不耐烦）：你仔细找找嘛。不要随便翻一下没看到就说没有。

小懒：可是真的没有啊，我里里外外翻了好几遍了，就是没有。

木木（狠狠剜了小懒一眼）：看我找到怎么收拾你。

小懒：喊，你找得到才怪。

木木（胡乱寻找一番）：你看你看，不就在这里吗？给你。

小懒：啊，你怎么找到的？

木木：你没看到我这个包包破了一个洞吗？既然其他地方都找不到，那肯定在洞里面嘛。你就不会去洞里仔细搜索一下，你就不能认真点，让我少操点心吗？

小懒：我们明天回我家吧，我想爸爸妈妈了。

木木：喀喀，那个，呃，没事了小懒。下次找不到，你叫我就是了。

小懒：……

| 2004 年 11 月 7 日 |

小懒同朋友聊天。

一个朋友说，爱情怕出现第三者，怕变心，怕不爱了。

另外一个朋友则说，其实爱情怕相处。两个人为了这为了那，叽叽喳喳地吵个不停。

不过，小懒一个也不赞同——因为身边那么多单身的朋友，男性也好，女性也罢，总是在恋爱失败之后说，累了，不想再谈了。其实说得再透彻一点，爱情最怕的，是心累。

因为累了，你的心思，你的关注焦点，就完全不在那个人身上了。他为你付出，他为你哭泣，他为你忙碌，你全无感觉。你不期待，不留意。你无动于衷，不心疼。你觉得自己无辜。你更多的只是厌恶。你还爱吗？你是爱的，只是，只是你累了啊！

那么大家都累了的时候呢？

小懒这样说给木木听。

木木：爱情最怕的，当然是彼此不够信任了。累只是借口。

小懒：那打个比方，我和你彼此信任，可是你却在我过分信任你的状态下，爱上了别人，你说，我怎么办？

木木（愤愤的）：那你也要继续爱我！

小懒：凭什么？

木木：即便我将来三心二意，你也必须一心一意，听到没有？

小懒：……所以说，其实，爱情最怕的是一方变了心爱上别人，对吧？他之所以会变心，是因为爱眼前的人爱得累了，对别人又开始勤快。所以，就是说，爱情最怕累！

木木（若有所思）：好像有点道理。

小懒：所以，拖地、洗衣服、做饭、洗碗，即便把家里所有的事情都交给你，你都不能觉得累哦，不然就是不爱我。

木木：……

| 2004年11月25日 | ☑

小懒走在下班回家的路上。

路人甲：我同事的老公对她真好，要星星给星星，要月亮给月亮。

路人乙：命真好哦！

小懒（似懂非懂、频频点头）：哦？

回到家中。

小懒（捅了捅木木的手）：哎，我想要星星。

木木：星星……星星玩儿去了。不然你看看天空，灰蒙蒙的，哪里有星星？

小懒：……那我想要月亮。

木木：月亮回娘家去啦……

小懒：……我想要一切，你能给我不？

木木（唱）：我是光，我是电，我是唯一的一切……我把我给你啦，好了，你得到一切了。

小懒：……

| 2004年12月8日 |　☑

一次，小懒和木木出去玩。

小懒：木木，我饿了，你带了吃的没有？

木木：没有。忍一忍吧，马上到家了。

小懒：上次我们和李××出去玩，人家书包里还有袋花生豆，你为什么啥都不带？

木木：我下次就教训李××，闲着没事带什么花生豆？

李××：我带包花生豆招谁惹谁啦？

| 2004年12月17日 |　☑

关于养小白脸的问题！很严重！

小懒和木木走在下班回家的路上，木木想买瓶矿泉水。

木木：小懒，你还有零钱吗？我的都是整的，给我几块钱零钱。

小懒：零钱？我钱包里就剩下一块五了。

木木：什么？你前几天不是还有八百块吗？

小懒：是有，可是都花光了。

木木：怎么会呢？才几天啊？你都干什么了？

小懒：买菜需要花钱吧？我每天坐车需要钱吧？我还买了一桶油，吃水果需要钱吧……

木木：这才几个钱啊？这些，撑死了也就三百多块。说，剩下那五百多块花到哪里去了？是不是养小白脸了？

小懒：你拉倒吧，现在的小白脸，五百多块哪里养得起啊？你当人家小白脸都是吃干饭的啊！哦，对了，上次去天津不是带我爸爸逛街去了吗，那次是我掏的钱……你居然诬蔑我……你想死吧你，（使出泼妇的劲头）我每天这么辛苦地上班，晚上还要回家做饭，还要抽出时间逛街买衣服……不是，我是说，你这个没良心的还这么说我，你良心被狗吃啦？说，（手指掐住木木胳膊上的肉，用力地三百六十度旋转）我叫你说……

木木：啊……小懒，好痛啊！别掐了……啊……

小懒：还说我养小白脸不？

木木：不是啦，老婆你听错了，我是说老婆你的钱全都养我这个小黑脸了……（木木是地地道道的海南人，长得黑，扔到非洲，就是一个地地道道的非洲人。）

小懒：这还差不多。行了，我吵累了，自尊心也受到了很大的伤害，所以，本周你做饭……

木木：我永远永远永远都不说你养小白脸了……你能不能，去做饭？

小懒：没商量。

木木：……

| 2004年12月30日 | ☑

你最快乐和最不快乐的事情是什么？不管是什么，反正小懒和木木又吵架了。

小懒：木木，你最快乐的事情是什么？

木木：和你在一起。

小懒（特兴奋特激动）：真的？那最不快乐的是什么？

木木：和你在一起……

小懒：我就知道你会这么说！（暴脾气突然发作）你走，我再也不要见到你。

木木（火暴脾气被迅速点燃）：凭什么我走，要走也是你走！还有，你以后少对我吼，我就是跟你在一起不快乐，你很久都不对我温柔了，你还老摆脸色给我看，我才不想看到你呢！

081
全 | 世 | 爱

小懒：你说真的？

木木：……

木木倒在沙发上，阴着大驴脸，一声不吭。

小懒很难受！很难受！很难受！

难受的时候，小懒就拿起毛巾进了卫生间关上门，坐在马桶上，呜呜咽咽地哭了起来。哭得累了，就开始洗澡。

可是外面什么动静都没有。或许木木又离家出走了，谁知道呢。

等小懒洗完澡出来，木木果然不见了。

可是看一下，他的外套，钥匙和手机都在——这证明他肯定在家。如果是离家出走，木木肯定要穿得暖暖的，带好手机、钱包和钥匙才肯走的。小懒太了解他了，他对自己好得很，即便离家出走也会为自己找好退路，至少还可以回来，至少冻不着。

小懒到卫生间和阳台看，没有找到他。厨房也没有。

只剩下两个关着灯的小黑屋了。

小懒正要拉门的时候，木木一下子跳了出来。

木木：小懒，这个房间好大哦，捉迷藏就是好玩哎！可是你太对不起我了，我都藏了半个多小时了，你还不出来找我，我好辛苦……

小懒环住他的脖子，抱上去。之前的愤怒和悲伤消失殆尽。

| 2005年1月5日 | ☑

小懒和木木商定过年的时候回木木的家乡海南见木木的父母，所以——小懒最近有些怪怪的。

小懒：木木，你爸妈会喜欢我吗？

木木：应该不会不喜欢吧。

小懒（紧张兮兮）：哎，到底会不会？如果他们不同意我们在一起怎么办？

你会跟我一起私奔吗？

木木：……不至于吧。

小懒（神经兮兮）：对了，趁你爸妈不注意，把你家里的户口本拿出来吧。什么？户口本在你手上？那就放心了。还有，要是你爸妈找我单独谈话，你千万不要答应啊。电视上就是这么演的，不喜欢儿子女朋友的父母，会在儿子出去的时候，把女生单独叫出来聊天，然后就说很多侮辱性的语言把她赶走。天啊，太恐怖了。

木木：小懒，你没事吧？

小懒（联想中）：对了对了，很有可能把我羞辱走后，会逼迫你换掉手机卡，甚至会逼你搬走。万一我们走散了，我去哪里找你？咱们定个联络暗号吧。我想一下，对，就在咱们确定恋爱关系的那条街道，在那个石阶上，我在那里等你。你一定要记得啊。

木木：我们先去神经科帮你检查下吧？小懒！小懒你到底怎么了！小懒！

小懒：……

2005年2月8日 ☑

木木的爸爸妈妈好可爱啊，就是普通话说得很差……小懒想，估计海南话是中国最难学的方言了。

木木的亲朋好友走马观花似的，来了一拨又一拨。小懒感觉自己就像菜市场里的菜，任谁都可以掐一把，关键是人家就当着你的面随意点评——反正你也听不懂。

尤其是木木的那帮坏同学，仗着小懒听不懂海南话，不知道"光明正大"地跟木木说了多少损招，帮助木木来欺负小懒。看到他们坏坏的笑，小懒想反驳但是又没证据和理由。哎，强龙压不过地头蛇啊。不过，小懒就此立志要学海南话。虽然一口吃不成个胖子，但是循序渐进总可以吧。

吃饭是"嘉没",散步是"dua 宝",我爱你是"瓦挨鲁",爸爸是"老败",妈妈是"老迈",笨蛋是"馕 gia"。

为了防止这帮坏家伙欺负自己,小懒特意跟木木学了一句完整的海南话——Gin 梅该微亮斤咦啊!

哼,这句话翻译成普通话,意思就是:你们这帮坏蛋,少说我坏话!

话说海南话就是简洁、省力,普通话那么长,人家海南话一句就概括了。

这天晚上,木木和同学在一个露天的串吧聚会。小懒觉得,时机来了。

看到男生们盯着自己坏坏地笑时,再也无法忍耐的小懒腾地从座位上弹起来,单手叉腰,用另外一只手挨个指着男生们的鼻子,怒吼吼地骂道:"Gin 梅该微亮斤咦啊!"

大家一个个莫名其妙地看着小懒,就好像在打量外星人,只有木木一个人笑得东倒西歪。接着不知道木木说了什么,大家又笑成一团。

跟着小懒一起来的木木十二岁的表妹在一旁拽了一下小懒的胳膊,用普通话问道:小懒姐,你刚才为什么摆出那么奇怪的姿势说那么奇怪的话啊?今晚没有月亮啊?就算有,也犯不着那么愤愤地叉着腰,指着大家的鼻子讲吧?

小懒(仿佛有点回过劲):哎,Gin 梅该微亮斤咦啊——是什么意思?

表妹:就是说"今晚的月亮真圆啊"。不过,你不知道什么意思就去讲了啊?

小懒(扑到木木身上):……我要跟你同归于尽!

后来的后来,小懒终于学会了"你们这帮坏蛋,少说我坏话"的海南话说法——路修积兑坏 gia,就供韶蒋瓦改怀微。

可是,小懒再也不想参加木木和他的小伙伴们的聚会了。

| 2005 年 3 月 7 日 |　☑

上个月,木木去踢球,捡到一枚白金戒指,问了好半天都没人要,只好拿

回家送给小懒。

前几天，木木又去踢球了，回来后拿给小懒一枚 18K 的黄金戒指，又是捡的，还是没人要。

今天，木木又去踢球啦！小懒就像《农夫和金鱼》里的老太婆，忐忑不安地等待他回家。

两个小时后。

木木：小懒，我回来啦！

小懒（激动）：你今天捡到戒指了没？

木木：没有哎。

小懒：为什么？

木木：因为我的球技进步了。

小懒：这跟球技有什么关系？

木木：因为我现在不低头看地面，也可以踢着球满场跑啦。

小懒：你还真是厉害哎。

2005年5月16日 ☑

恋爱一周年啦。

早在几天前木木就一直问小懒有什么愿望，还大言不惭地说只要他能做到，一定帮小懒实现。愿望？理想？是什么呢？

小懒冥思苦想一番，那些未实现过的，以及荒废在生活和岁月中的愿望，突然间从时间的长河里探出一只手来，开始摇摆着小懒的大脑。

小懒依稀记得，上学之前，最大的愿望是每天背着小书包扭扭搭搭去上学；上学后，被堆积如山的作业和考试包围着的小懒，开始期冀迅速加入上班一族，拿高薪，花天酒地；等到参加工作，小懒直接落入俗套，最美好的愿望就是有人拿一千万可劲砸自己，不劳而获，每天醉生梦死……

随着年龄的增长，在这个充满喧嚣和诱惑的物质时代，小懒逐渐变得贪心，越来越实际，那些过于"远大"的愿望，虽然时至今日依然高高悬在小懒的心头，但更多更实际的愿望也没有耽误。

上大学时，小懒最希望的是拥有一台笔记本电脑。这个愿望在小懒辗转借用室友的电脑泡论坛时，沸腾到极点，最终老爸在小懒一年的耐心而执着的念叨、游说之下，帮她顺利实现了。后来，诸如找到一份比较如意的工作，出版自己的小说，嫁给帅哥，遇到一个好婆婆，买到漂亮的衣服，日啖杧果三百颗之类的零零碎碎的、奢侈的、无聊的、现实的、小女人的所谓愿望，也很顺利地如小懒所愿。

扯得有点远了，还是回到文章开头——因为机会比较难得，所以小懒没有当即告诉木木自己眼下的愿望，因为怕他会很果断拒绝。但架不住木木有一颗"打破砂锅问到底"的心，被木木逼得急了，小懒终于幽幽地说出了心里话。

小懒：可以让我用睫毛膏刷一下你的睫毛吗？没有任何反抗的那种。

木木（黑脸）：……你就是精神病。

小懒：求你了。你刚刚不是说不论什么愿望都会帮我实现吗？这个愿望很简单啊，都不用你费神费力，甚至都不用花费一毛钱。

木木（愤怒）：可是会耗掉很大的自尊……

小懒：可是自从我的睫毛被烧掉后，就再也长不长了，你不是一直都取笑我的睫毛短吗？你还说，有着卷翘且长的睫毛的人会显得很漂亮很有气质。

木木（骄傲）：对啊，你的睫毛都没有我的三分之一长，还用那么多睫毛膏，真是浪费。

小懒（叹气）：求你了，就是因为涂在我的睫毛上没效果，所以我才想涂在你的睫毛上。你想想嘛，我用过那么多款睫毛膏，都没啥效果。可是你就不一样了，你底子好，在开灯的晚上，不论是平视，还是垂下眼帘，睫毛都能投出那么长的影子。

木木（越说越来劲）：就是，我这个，哼，我们同事也都说我睫毛好漂亮。

小懒：是吧？可是，你说你一男的，闲着没事长这么长的睫毛干什么用？

是不是暴殄天物。

木木：不是啊。傍晚去散步的时候，经常有小飞虫停在上面休息的……

小懒（压住怒火，继续好言相劝）：所以，你看，我这次买的是兰蔻睫毛膏啊，兰蔻！名牌啊，为了这一款睫毛膏我省吃俭用，勒紧裤腰带连饭都不吃才买上的……

木木（斜眼）：你好像是减肥吧？

小懒：可是为了平衡开支，为了买这款睫毛膏，我看中的鞋子、T恤都没有买啊。

木木：那你觉得有效果吗？

小懒：确实不错，比别的牌子的好一些。

木木：那不就得了，有效果还不好？

小懒：可是，可是……你要想啊，我涂了四五遍依然可怜地看不到睫毛上的睫毛膏，涂在你的睫毛上，会是什么效果？俺滴个娘呦，简直难以想象。求你了，让我试试吧。好不好嘛（撒娇中）。

木木（打冷战）：拜托，我是男人哎！士可杀不可辱！

小懒：呃……木木啊，那你是想洗碗，还是想让我刷一下睫毛？

木木：小懒，我求你了，能不能不要用这样的方式引诱我？

小懒：呃，那你是想拖地还是想让我刷一下睫毛？

木木：……

小懒：你是想做饭还是想让我刷一下睫毛？

木木：……

小懒：木木，求你了，就一次还不好吗？

小懒：木木，今天可是我们恋爱一周年啊，你也不想我不开心吧？

小懒：木木，人家睫毛这么短本身就很难过了，你还老是打击我，取笑我。呜呜呜呜呜呜，你就这么忍心看着我这么难过吗？

木木：……

就在小懒的耐心达到极点，想用绳子直接把木木捆起来的时候，木木幽幽地说了一句话，让小懒如醍醐灌顶，彻底断了刷木木睫毛的念头。并且，这句话，导致小懒把兰蔻睫毛膏紧紧地攥在手中，哪怕木木跪下来求自己，也绝对不肯给他用了——

木木：这可是兰蔻呀，那么贵，涂在我的睫毛上，多浪费啊！

小懒：……

| 2005 年 9 月 30 日 |　☑

小懒和木木恋爱一年多了，这天他决定向小懒求婚。小懒故作矜持地问了一些严峻的问题来考验他，结果他的回答让小懒四脚朝天。

木木（直截了当）：老婆，我们结婚吧。

小懒：先给个理由。

木木：嗯，因为……因为你温柔、贤惠、善良，是超级大美女，还对我好。

小懒：你的意思是如果一旦有一个温柔、贤惠、善良、是超级大美女，还比我对你好的人出现，你马上会和我离婚去和那个人结婚？

木木：这都什么跟什么啊，我不是这个意思的。

小懒：那你是什么意思？

木木：我不敢有什么意思。

小懒：不敢有什么意思是什么意思？

木木：你到底要我怎么说，你才不这样没意思？

小懒：你自己好好想想吧，想好了再来告诉我。

木木：那我只好出绝招了。

小懒：啊？

木木：因为你不嫌我傻，不嫌我笨。

小懒：……算啦，要想结婚，得先经过我的一番考验。我问你，如果有一个穿高衩泳衣、长发碧眼的大美女从你后面抱住你，对你说"我爱你"，你怎么办?

　　木木: 天啊, 有这等好事?

　　小懒: ……

　　木木: 啊……不要掐了, 我错了。我是说, 天啊, 有这等好事者? 我已经是有老婆的人了。

　　小懒: 那她要是继续抱着你, 说"我不在意你有没有老婆, 我只要和你在一起就好了", 你怎么办?

　　木木: 不是吧? 那还等什么啊!

　　小懒(双手一摊): 所以, 你看, 我们还结个什么婚!

　　木木: 不要啊, 我错了, 你原谅我! 求求你了, 啊, 世界上最最漂亮的美女, 我下次立场一定坚定!

　　小懒: 好吧, 再给你一次机会, 想好了再说!

　　木木: 嗯, 这次我不会犯错误了, 我会说, 咯咯, 那还等什么啊, 赶紧走, 我可是个对老婆很专一的人呢!

　　小懒: 那, 如果她不走, 还继续抱着你, 说她不在乎天长地久, 只在乎曾经拥有, 你咋整?

　　木木: 说实话吗?

　　小懒: 废话, 当然。

　　木木: 我我我……我肯定是甩头就走了。

　　小懒: 拉倒吧, 就你那花花肠子, 能忍住然后转头就走? 要是她抱住你, 亲你的耳朵, 亲你的脖子, 亲你的脸, (斜眼看着木木)你怎么办?

　　木木(咬牙切齿): 那我就只好出绝招了!

　　小懒(好奇而警觉): 什么绝招?

　　木木: 我会对她说, 我老婆还等着我回家喂奶呐!

　　小懒: ……

第一章

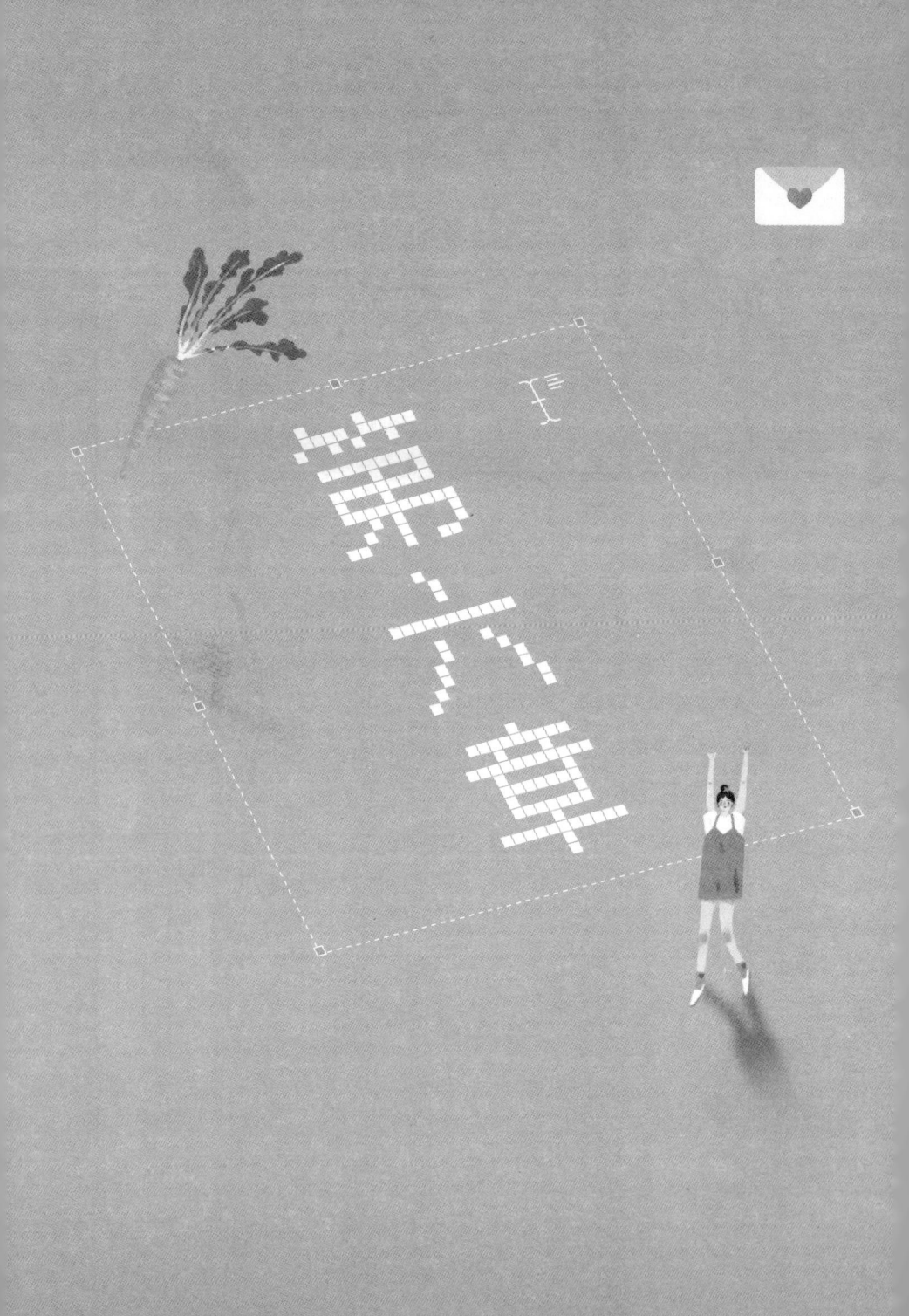

| 2005 年 10 月 7 日 | ☑

　　小懒心得——"十一"结婚的人好多哦。
　　小懒：木木，你快看，婚车，哇……真浪漫，是加长林肯呢！
　　木木：是啊，真漂亮，真威风……
　　小懒：那我们结婚办喜事的时候，用什么车呢？
　　木木（沉思半晌）：……开夏利吧。
　　小懒：为什么？太可怜了吧！你……
　　木木：我们要支持国产车嘛！
　　小懒：……

| 2005 年 10 月 8 日 | ☑

　　木木今天向小懒求婚。
　　小懒的爸爸妈妈说，木木是个很乐观的人，那么开朗，那么爱笑，你想嫁就嫁咯。
　　但其实求婚并没有电视中演绎得那么浪漫。在小懒洗衣服的时候，木木突然不知道抽了什么疯，从背后环抱住小懒。小懒听到木木说："我们结婚吧。"

语气平淡，就像每天早上跟小懒说"小懒我去上班了哦"一样。

——是很简单的求婚。

没有单膝着地。

没有玫瑰。

没有房子。

也没有车。

可是他们还是决定结婚。

因为——两个人在一起，彼此都快乐，才是最重要的吧。

至少小懒和木木，都是这么认为的。

2005年10月12日 ☑

小懒和木木的爸爸妈妈分别请了算命先生算日子……最后决定的良辰吉日是10月13日。

结婚登记需要的资料有：身份证、户口本原件，还需要去照相馆拍用来登记结婚的两寸合影照片，去任何一方户口所在的民政局填资料，每个人再交九块钱的结婚证工本费就可以了。木木的户口在海淀区……所以，我们明天可以直接去海淀区的民政局办理登记。

——还要特别感谢费费同学提醒小懒兑换十八个一元的硬币，谓之"长长久久（九九）"。

不过，朋友们得知小懒要嫁人的消息时，纷纷打来电话表示……关心……呃……质疑？他们担心小懒这么早结婚会后悔，会有婚前恐惧症。可是看到在一旁只会傻笑的木木，小懒突然有种拐骗未成年少男的感觉。

其实，婚前恐惧症倒是没有，小懒只是拿不准，在离婚率不断增长的当下，两个人是否真的能这样一直在一起，快快乐乐地生活下去？会不会厌倦？会不会有一天因为太过了解而分开？矛盾会不会不断地出现？会不会变得无法容忍对方？会不会喜新厌旧、见异思迁……

小懒更多的是觉得幸福来得太过突然，担心会很快失去。于是在结婚前，小懒和木木进行了一番推心置腹的谈话。

小懒：呃，木木，到底是什么原因，你才下定决心要和我结婚哦？

木木：因为你们家人都是好人。

小懒：……还有别的原因吗？

木木（绞尽脑汁）：这样吧，我再想想。你先告诉我，你是因为什么同意我的求婚的？

小懒：因为……嗯，你还记得我刚搬进来时你的大学同学过来玩吗？其中有几个男生要走了我的电话号码，时常给我发一些暧昧的短信。

木木（诧异）：啊？还有这事？我怎么不知道，这帮家伙！

小懒：但是……在我告诉他们当时我的月薪只有五百块的时候，他们一个个全部消失了。

木木：难怪有一阵跟他们见面感觉怪怪的。

小懒：可是你没有啊。你并没有因为我刚工作，月薪低，就看低我。而且，只要看到好的招聘信息你就会跑来告诉我。在我抱怨的时候，你总安慰我说将来会慢慢好起来的。还有就是，我觉得阿橙表现得太恶劣了，有他那样一个人和你做对比，你简直就是绝世好男人！

木木：……这样啊。所以你才喜欢上我的哦。

小懒：反正是在日渐了解的基础上慢慢积累起来的好感、敬重、爱慕……不过让我产生"要嫁人就嫁你这样的人"的念头的，却是后来发生的两件事。

木木：什么事？

小懒：一次是你在路边看到一对母女向你要五块钱吃面，当时你以为是骗人的，就拒绝了，结果回到家中很不安又跑回去找她们，带她们去吃面。你对陌生人都那么好，对自己的女朋友肯定也不会差。

木木（不好意思）：这没有什么了，那对母女的确很可怜。

小懒：另外一件事是让我最感动的。你还记得吧？我之前公司的那个经理为求自保，把她的责任全部推给我，我在辞职和保饭碗的矛盾中挣扎了好几天，一直不开心。结果有一天你神秘兮兮地问我，公司的班车几点到路口？

木木（沉浸在回忆中）：对啊，我那天还特意请了一个小时的假，怕你比我早到，碰不到你从班车上下来。

小懒：嗯，我当时心不在焉地回复你的短信，结果在半个小时后下了班车，就看到抱着玫瑰花的你咧着嘴冲我笑——虽然这件事已经过去了那么久，但对我来说，就像发生在昨天似的。我甚至能将那天的画面完整地、清晰地还原。（深情）我记得那天你的背后是川流不息的人群，太阳还没下山，阳光甚至有些刺眼。我呆呆地站在台阶上，人潮涌动，可是我的眼里，只有你一个人。就是那一天，我对自己说，哪怕什么都没有了，哪怕什么都失去了，只要还有你就好。

木木（突然发出怪笑，打破感人的气氛）：哈哈，你跑过来的时候真是眼泪、鼻涕齐流啊。不过话说回来，其实过了这么久，我一直想问你一个问题。

小懒（难得温柔）：说吧，什么问题？

木木：那天你哭得那么凶，鼻涕都流到嘴巴里去了，我就是想问一下，鼻涕到底是什么味道啊？咸吗？

小懒：……

| 2005 年 10 月 26 日 | ☑

小懒和木木结婚啦。

他们找了一个离双方的公司都比较近的一居室，告别了阿橙，开始了真正的二人世界。

关于搬家请人帮忙——木木的老乡兼亲密室友 Melao 跟木木在某种程度上还真是相像。

小懒：周六帮我们搬家去。

Melao：你好，我现在有事不在，一会儿再和你联系。

小懒：周六帮我们搬家去。

Melao：你好，我现在有事不在，以后也不在，请不要和我联系。

小懒（继续执着）：周六帮我们搬家去。

Melao：你好，我现在真的有事不在，以后也不会在，请千万不要和我联系，谢谢！

小懒：那你是想死了！！！

Melao：喀喀，那我去好啦。

关于家务——对付木木的绝招：

小懒发现，木木越发懒惰了。自从他教会了小懒做饭，他自己就再也不做饭，也不洗碗了。不过，这难不倒小懒，因为聪明得举世无双的小懒很快就掌握了让他干活的诀窍。

吃完饭，小懒想让木木洗碗。

假设小懒这么问——

小懒：是你洗碗还是我洗碗？

木木（不假思索）：当然是你洗碗。

所以，一般情况下，小懒会这么问——木木啊，现在一共有三件事要做：第一，洗碗；第二，拖地；第三，擦桌椅碗柜……你选择哪个啊？

木木马上很痛快地回答：当然是洗碗啦……

木木还是疼人的，只是有时候过于懒惰，所以要让他知道小懒做了很多事情，只要把握住度，他还是会很理解地过来帮她的。

不过这个度必须把握好，一旦超越了他承受的极限，就不好使了。

比如在他顺利洗完碗之后，小懒也有些懒惰了，就问他：接下来还有两件事，第一，拖地；第二，擦桌椅碗柜……你选择哪个？

这下他就不干了，噘嘴说：小懒，你太欺负人啦！

| 2005年11月17日 | ☑

　　这样的伎俩用的次数多了,木木慢慢地就察觉出来了,慢慢地,就不灵验了。不过,没有关系,上有计策,下有对策。
　　这天,吃过饭,小懒满足地拍拍肚皮,若有所思地说:唉,一会儿要拖地了。
　　木木马上很警觉地问道:那你是不是想要我来洗碗?你是不是一会儿就会问我,到底是选择洗碗、拖地还是擦桌椅?
　　小懒:好啊,你偷看我的日记!
　　木木:我发誓,绝对没有。
　　小懒:好吧,那恭喜你,都会抢答了,去洗碗吧,我批准了。
　　木木:……

| 2005年11月25日 | ☑

　　小懒和木木打算今年过年时去木木家举行结婚仪式。婚假、年假一起休,停留的时间也久些。
　　可能因为还没有举行仪式的缘故,很长一段时间木木和小懒在对方的爸爸妈妈打电话来的时候都无法适应。
　　小懒爸爸:木木啊,吃饭了吗?最近家里装了宽带,我和你妈妈正在弄呢。
　　木木:啊,叔叔啊。我们都……不是,呃,那个,爸爸好……(汗如雨下)
　　小懒爸爸:没事,叫小懒接电话。
　　小懒:爸爸,怎么啦?
　　小懒爸爸:哎,我还真是有个傻女婿,到现在还叫我叔叔……
　　小懒:……
　　小懒爸爸:你那里能视频吗?你哥给我们弄了视频,咱们现在聊天!
　　小懒:好啊好啊,你等我。

于是小懒打开视频，和爸爸妈妈聊天。

木木一个人闲得无聊，坐在沙发上看报纸。过了一会儿，小懒肚子疼，跑去上厕所。

木木以为小懒关掉了视频，冲在卫生间的小懒喊道："哎，我接电话时忘记了改口，叫你爸爸"叔叔"，他刚刚没跟你说我的坏话吧？"

小懒还没来得及说话，只听到小懒爸爸浑厚的气冲冲的声音："我才没那么小气呢！"

木木：……

2005年11月28日 ☑

小懒恨木木，小懒恨韩剧！！！

木木喜欢看碟。尤其喜欢躺在床上看。但他只要倒在床上，不出五分钟必然睡着。他睡着也没有关系，关键是他睡着了小懒不知道，半夜小懒还要爬起来关电视；小懒关电视也没什么，关键是小懒被电视迷住自己也会看；小懒自己看也不要紧，关键是有时候木木放的是韩剧……

小懒到底要说什么？

小懒要说的是，昨天晚上，木木放了一部新片，故事很吸引小懒，所以小懒和他一起看。看到半截他睡着了，小懒一个人继续看，可是看了好久也没有结局……虽然时间在飞速流逝，但韩剧，节奏总是很慢的，结局总是会来的。

深夜一点，还没有结束。

深夜两点，还没有结束。

深夜三点，还没有结束。

等到凌晨四点多，小懒爬到DVD前才发现，原来木木放的是一部一百多集的韩国电视连续剧，而小懒以为是电影，可怜急性子的小懒一直在等结局……

于是，在这个花好月圆夜，小懒怒火心中烧，看着熟睡的木木，气不打一处来，上前就是一脚，说："为啥不告诉我放的是连续剧？"

木木熟睡中被小懒踹醒，迷迷瞪瞪翻了下身，继续大睡。

趁他睡着，小懒又上去踢了几脚："谁让你这么对我，老娘明天——不，今早还要早起上班呢！"

早上木木起床。

木木：小懒，为啥我的屁股痛痛的？

小懒（故作惊诧）：啊，是吗？为什么痛啊？你昨天干吗了？

木木：不知道啊，看碟看得睡着了，早上起来就屁股痛，不知道为什么。

小懒：啊，这个，这个啊……估计是你，这个，估计是你睡觉把屁股硌到了。

木木（不解）：拿什么硌的？

小懒：我哪里知道！

| 2005年12月1日 | ☑

婚前婚后是不同的，绝对真理呀！

木木：小懒，最近好多人问我婚前婚后有什么不同呢。

小懒：你怎么说？

木木：我说，结婚前我想去哪儿就去哪儿，结婚后我不想去哪儿都得去哪儿……

小懒：……没这么严重吧？

木木：你呢？

小懒：婚前，两人吵架，会说，我们分手吧；婚后，两人吵架，会说，我们离婚吧。婚前，我说一句话，你翻来覆去整晚睡不着，都在想我那句话是什么意思；婚后，我刚说一句话，你就睡着了。

木木：没这么严重吧……

| 2005年12月15日 | ☑

木木和小懒很无聊，躺在床上聊人生。

小懒：你爱我多一点，还是爱你妈妈多一点？

木木：呃，你是爱我多一点，还是爱你爸爸多一点？

小懒：废话嘛，当然是我爸爸啦！

木木：废话嘛，当然是我妈妈啦！

小懒（想了想）：其实我知道你是爱我的，我们在一起这么久了，感情还是很深的。

木木（想了想）：可是我妈妈陪了我二十多年，你才两年……

小懒：是哦，可是你妈妈和你不会像我们这么亲密无间吧（此处删去两百字）？

木木：可是，我之前就在我妈妈的肚子里，比跟你亲密多了（此处删去两百字）。

小懒沉思 ing。

木木沉思 ing。

……

五分钟后。

木木（痛哭流涕）：小懒，我错了，我现在可以上床吗？

| 2006年1月6日 | ☑

小懒心得：我再也不想叫木木起床了。

丁零零……丁零零……

小懒（拿起闹钟）：木木，起床了。

木木（睡眼惺忪）：起……床？为什么要起床（翻个身继续睡）？

小懒（无奈）：因为要上班……

木木：为什么要上班？

小懒：……（我也好想知道，为什么要上班！）乖，快点起来了。

木木：我不是……不是刚睡着吗？这么快就天亮了？几点了？

小懒：已经七点四十五分了。

木木：哎？你不是定了两个闹钟吗？还有一个七点半的没响呢。你骗人！现在肯定是七点半。

小懒：……喀喀，这就是第二个闹铃了，第一个你没听到。

木木：我怎么会没听到呢，你是不是不想让我赖床？

小懒：真的七点四十五分了，快起床，不然就要迟到了。

木木：反正我就听到一个闹铃，我不起……

小懒：……不要让我每天都给你解释"为什么一到七点四十五分就必须起床"，不许再说"时间就是没到"，不许再问"为什么要上班"，不许问我"为什么要起床"，不许再质疑"第一个闹钟没有响"……

木木：为什么？

小懒：你要是再不起来，我就开始降龙十八掐了……

木木：我起来了，马上去刷牙……

小懒（斜视）：早这样不得了嘛，真是的！

2006年1月15日 ☑

小懒在看痞子蔡的《孔雀森林》，边看还边笑，吓得看电视的木木一惊一乍的。等小懒看完，他接着看，结果不到一个小时就看完了。

木木：小懒，这本书读起来真是畅快，让我想起了我大学时期暗恋的女生。

小懒（一把拎着他的衣领）：你都和我登记了，生是我的人，死是我的鬼，你还想着暗恋的女生？你去死吧，寡人以后再也不要看到你了……

木木：让你生气，挠你痒……

一场"腥风血雨"之争，小懒大败而归。

小懒：好啦，好啦，你随便去想吧，我再也不管了。

木木：这还差不多啦。

两个人闹了半天，木木又去看电视，小懒静下来一会儿，也想起了一个人，但绝对不是暗恋的对象。

《孔雀森林》里的女主人公李珊蓝，她的前男友想必让她有过一段很痛苦的岁月，所以她称呼自己的前男友叫先男友。男主人公蔡智渊觉得她这么说未免有些缺德，至少不应该咒人死。小懒深深地记住了这一段，并且很喜欢，而且决定，以后一旦不小心想起那个人，就称呼他为先男友。

不理解李珊蓝这么称呼前男友的人，是因为他们无法理解当事人的痛苦，若不是那个人带来的痛苦太深，她也不至于咒他。要知道，在这个年代，女孩子年轻的时候是很容易误入歧途，爱上一些莫名其妙的人的。要知道，很多成功男人的背后，都有一个或者几个被伤害了的女生。

因为年轻，所以不懂放弃。

小懒超级喜欢 "先男友"这个说法。

——我是小女生，请原谅。

| 2006年1月21日 | ☑

小懒和木木昨天飞到了海口，花了一下午的时间挑选婚纱和影楼，看得眼花缭乱，最后意见总算达成一致，还选了一个有着一对尖尖的小虎牙的婚纱摄影师。

拍照的时候，木木很不老实。

摄影师：新娘子，左边的肩再侧过来一点儿，对的，对的。新郎官，再贴近新娘子一些……

木木（突然附在小懒耳边，声音压得低低的）：我发现摄影师的牙齿有问题。

小懒：啊，怎么了？

摄影师：新郎、新娘先不要讲话。对，保持现在的姿势。新娘子，（故意逗小懒和木木笑）看我的小虎牙（咧嘴），好，看着镜头。

木木（瞪着一双视力2.0的眼睛）：他右侧下面的第六颗牙齿，有虫眼儿！

小懒：哈哈哈哈哈哈哈！

咔嚓！

摄影师（按快门，看了看）：新娘子笑得太过了，嘴巴咧得太大了。（疑惑）我有那么好笑吗？

小懒：……

两个人换了一套宫廷服装。

摄影师（调整摄像头）：新郎把手放在新娘的左肩，对，新娘下巴稍微往上抬一些。

木木（突然附在小懒耳边，声音压得低低的）：小懒，我们一起演情景剧吧？

小懒：啊？

木木：要拍两天哎，一边拍照一边演情景剧，比较容易打发时间。

小懒：……好吧。

木木（语速飞快）：我们来演《灰姑娘》，你是灰姑娘，我是王子，你穿着水晶鞋出席我的舞会，我们现在正在一起跳舞……

摄影师：新郎、新娘先不要讲话。对，保持现在的姿势。新娘子，头向右边稍微转一下，再转一下。好，看镜头。

木木（表情猥琐、语速飞快）：跳完了这支舞，跟我去寝宫，为我生儿育女，听到没有？你这个粗心到后背拉链只拉到一半的女人！

小懒：……

咔嚓！

摄影师（按快门，看了看）：不行，得重来，新娘子笑得太尴尬了。（郁闷）你们对我不满意吗？我怎么总是感觉怪怪的呢？

小懒：……

2006年1月22日 ☑

时间太赶，26号就要举办婚礼仪式，小懒除了在北京买了一套婚纱外，几乎没有任何准备。两个人急急忙忙地拍完婚纱照，又要去买结婚戒指，还要给亲朋好友买礼物……有太多太多的杂事。

虽然很累很辛苦……可是很开心。

只是买戒指的时候……呃，木木太丢人了。

木木：小懒，你喜欢哪对？

小懒：嗯，这对比较好看。你觉得呢？

木木：你决定好啦。

小懒：那对也不错，简洁又大方。

木木：可是，你会不会嫌弃钻石比较小啊？

小懒：不会啊。戒指只是个形式，我们喜欢就行。再说了，小一点的钻石比较灵巧、雅致。

木木（感动）：小懒，你真会帮我省钱。

小懒：老板，我要这一对。

老板拿出戒指，小懒和木木开始试戴。等选到了彼此尺寸合适的，小懒准备叫老板结账。

木木（突然做了个暂停的手势）：等等，老板，你把这个男款的所有尺寸拿出来。

老板（迷茫）：但先生您戴这款正合适啊。

小懒：你要做什么？

木木：我要拿男款的戒指给你试戴。

小懒：你要干吗？

木木：等举行完了仪式，我就把我的戒指拿给你，这样你就拥有了两枚戒指，戴烦了还可以换着戴，一举两得。哈哈！

小懒：……

木木：或者，女款你戴在无名指上，男款就穿在项链里戴在脖子上。哈哈，简直就是百搭！还遥相呼应！

小懒：拜托，这是结婚对戒，没有我的允许你私自摘下试试看！你说，你是不是打算跟我结婚之后，就摘下戒指假装成未婚男青年？

木木（流汗）：不是，小懒，你……你误会我了。我看你这么帮我省钱，于心不忍才……

小懒：省钱也不能这么省啊。

木木：……我知道了。

老板（好奇怪的新婚夫妇）：……

| 2006年1月27日 | ☑

昨天小懒和木木举行了婚礼仪式，可让小懒伤心的是……拜堂的时候，两个人居然不是在同一分同一秒！

东方市的婚礼仪式和小懒家乡的完全不一样。新娘前一天要住在酒店里（当然指的是像小懒这样跋山涉水飞过来的外地新娘），然后新郎带着接新娘的队伍把新娘接到自己家中，拜祖，再给父母献茶。接着，大家成群结队地涌向订好的酒店，由新郎、新娘在门口迎宾。宾客到齐之后就开吃。新郎、新娘挨桌敬酒，等宾客们吃完，婚礼仪式也就结束了。

没有司仪。

没有主持人。

……小懒提出异议，表示自己听不懂海南话，怕仪式过程中出问题的时候，木木的七大姑八大舅们纷纷操着蹩脚的普通话说:"莫关系啦,很简单的啦。"

木木也信誓旦旦地说:"小懒你放心吧,有我呢,我会给你做专业翻译的。"

可是……可是,完全不是这么回事。

木木抱着穿着洁白婚纱的小懒进了家门,外面的鞭炮震天响,有来帮忙的邻居端着盆盆罐罐穿行而过,小懒捂着耳朵侧了侧身,回过头来——木木正双手合十,对着客厅的祖宗牌位三鞠躬,旁边站了几位长辈,说着叽里呱啦的海南话,念念有词。木木的表妹、表姐、堂兄、堂妹七手八脚地招呼着客人。

木木的爸爸、妈妈端坐在客厅的正中,等待着儿子、儿媳奉茶。

小懒恍恍惚惚,好半天才回过神来,放下捂着耳朵的手,拽住木木的胳膊——

小懒:呃,你刚刚在做什么?

木木(语气平静):刚才在拜堂啊!

小懒(欲哭无泪):我……(急忙双手合十,对着牌位三鞠躬,心里默默念叨)列祖列宗原谅我啊,小女子的确不知……不知者不怪啊。

后面的程序虽然也有些小问题,但是还好,总算顺顺利利地办完了。结果等到今天拿到录像带的时候……婚礼当天所有的细节全部被放大,在他们面前重新演绎了一遍。

镜头里的小懒像个傻子一样,捂着耳朵,惊恐地闭着眼睛。镜头扫过乱糟糟的人群,小懒拽了下新郎木木的衣袖,不知说了什么,接着小懒慌忙站定鞠躬拜祖。

围坐在木木家客厅的亲朋好友看到这里的时候,一片沉默。良久——

朋友A:哎,木木,你老婆听不懂海南话,你也不知道叫上她一起拜祖。

木木(大度):哎呀,没事啦没事啦,反正是同一个小时之内拜堂的,都是良辰嘛。形式而已,开心就好。

——话是这么说,但这恐怕会成为小懒一辈子的遗憾吧。

同你结婚,同你一起拜祖、拜高堂,偏偏差了那么几分钟——感觉怪怪的。

| 2006年2月8日 |　☑

木木心得——不要带老婆参加同学会！

去海南之前，小懒曾陪同木木在北京参加了他的大学同学会，然后到了海南过年，参加了他的高中和初中同学会，收获颇多。

北京——大学同学会现场实录。

A：啊，木木，好久不见。这是你夫人吗？果然郎才女貌！

木木：呃，小懒啊，我给你介绍下，这位是……

A：小懒你好，我跟木木是英语四级考试考了四次才考过的难兄难弟！

木木（上去用手捂A的嘴）：真是的，不要当着我老婆的面说我的糗事……

小懒：啊，你考了四次才过啊……哈哈，哎哟，乐死我了，你不是说你高考全市第十一名吗？哈哈，哈哈……

A：木木，我对不起你啊，我不知道你老婆反应会这么大啊……

木木：……

回家后。

小懒：嗨，大学英语四级考了四次才过的人，给我倒杯水！

木木：……

小懒：嗨，大学英语四级考了四次才过的人，给我洗个苹果！

木木：小懒，忘记这件事吧。

小懒：不行，能抓住你的把柄太不容易了……大学英语四级考了四次才过的人，去把地拖一下……

木木：……

| 2006年2月13日 |　☑

小懒在木木的家乡住了不到一个月的时间，感受最深的便是南北饮食的差

异。小懒对近日来所接触的饮食评价如下——

最推崇美食：烤乳猪。据说八所的烤乳猪是全海南最正宗的。的确，烤好的小乳猪连皮都是脆脆的，吃到嘴巴里喷香无比（口水又流出来了）。虽然每次买的时候看到关在笼子里嗷嗷直叫的待烤的小乳猪时难免不忍，但……呃，好像大家都是这样吧？小时候我们听到大灰狼吃小猪的故事时饱含热泪，转个身面对餐桌上的猪肉时又大流口水（再次鄙视自己）。

最匪夷所思的水果吃法：青杧果。青杧果去皮切成条，蘸酱油、生抽或虾酱吃。（虽然听起来是很恶心的吃法……但是，小懒不得不承认，味道酸中带甜又带咸，吃得好满足。）

最常见美食：白切鸡。整只鸡用白水煮至七分熟，剁开、装盘，蘸调料吃。蘸料里有姜、蒜、盐、烧热的花生油、酱油或生抽、海南特产小橘子汁等。每次去别人家做客，必有此菜。味道？蛮好，蛮好哈。只是……呃，具体综合评价请看后文。

最不能理解的做菜方式：什么肉都用白水煮（什么调料都不放），煮后的水当营养汤喝，肉拿来蘸调料吃。鸡肉、羊肉、鱼肉……通通是如此吃法。没有红烧、清蒸、爆炒，抑或糖醋……

最不可理解的蔬菜选择：黄瓜、蒜苗、生菜。蔬菜的做法也不是炒，主要是水煮加盐。而且菜市场的蔬菜种类明明有很多，但几乎家家都只吃这三样蔬菜，不然就是肉食。

……

小懒发誓她介绍这么多海南特色菜，不是想做厨师或者推广海南饮食，她也没有觉得这些东西不好吃……但是在木木家里的这些天，小懒瘦了整整十斤。

木木（恳求）：小懒，你为什么最近到哪里都不好好吃饭？几乎没怎么动筷子。多好吃啊，我每次看到这些家乡菜，都流口水。

小懒：……我吃了很多水果啊。

木木：那到底为什么不吃饭啊？

小懒（一咬牙一跺脚）：我实话跟你说了吧。举个例子，我第一天吃白切鸡时觉得很好吃；第二天吃的时候，觉得味道还不错；第三天觉得还凑合；第四天觉得一般；第五天觉得难以下咽；第六天看到白切鸡就恶心……

木木（不解）：为什么会发生这么大的变化啊？

小懒：你还不明白？

木木：到底哪里出了差错？你太挑食了，真难伺候。

小懒：才不怪我。我从到这里第一天到现在，除了早餐是肠粉，不论到哪家做客，午餐、晚餐家家户户都是一样的饭菜一样的做法。肉食都是白切鸡、烤乳猪、白水煮鱼蘸调料、羊羔骨头蘸调料；菜全部都是生菜汤、煮黄瓜片，没有一天不是重样的，没有一家不是重样的。就算是山珍海味，总吃也会烦，你们几乎每天有两顿都在吃同样的饭菜，就一点都不烦吗？

木木：我们海南人比较专一嘛。而且，这些菜是必备菜啊，如果不拿这些招待客人就会被认为待客不周。这么多年的习惯了，就你一个人说不好吃！

小懒：……

木木：身在福中不知福，你说，我们在北京哪里吃得到这个？

小懒：可是……呃，呜呜呜，谁要是现在请我吃一顿醋熘大白菜，谁就是我的大恩人……

木木：……你这个女人还真是难养。

小懒：……

第七章

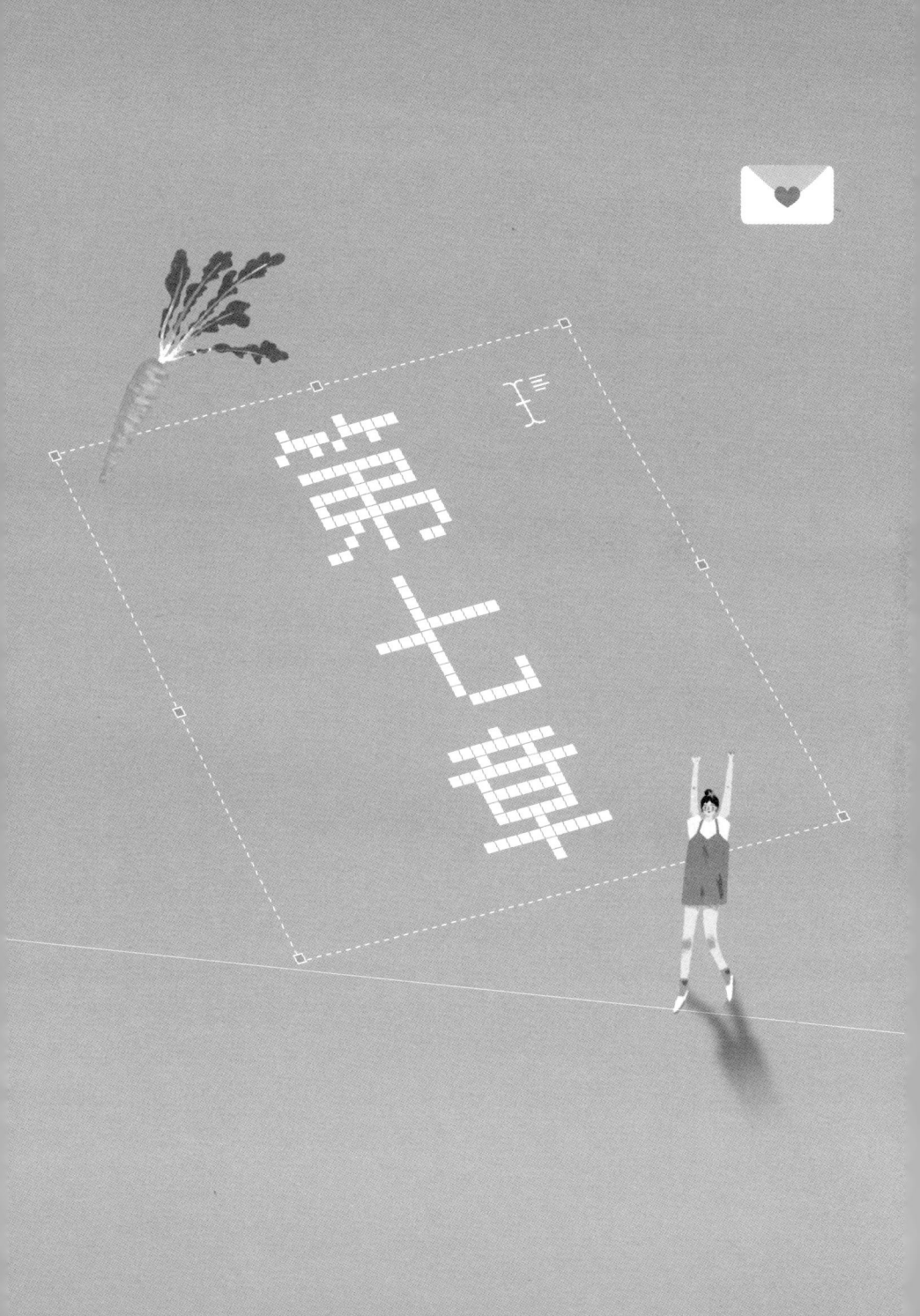

| 2006年2月16日 | ☑

情人节这天木木的心得：送女生礼物的宗旨就是花最少的钱，满足她最大的虚荣心！

木木：小懒，你要是把碗洗了，我就把给你的圣诞礼物拿出来！

小懒：真的呀？

小懒以豹子的速度奔跑，以机器人的效率迅速洗完碗。

木木：你要是帮我泡杯茶，再帮我把洗澡水放好了，顺便帮我剥个橙子，我就告诉你礼物在哪里！

小懒以袋鼠的姿态上蹿下跳，再次以机器人的效率泡茶、放洗澡水、剥橙子。

木木：好吧，看在你表现还不错的情况下，我告诉你，礼物在枕头底下！

小懒：哇……好漂亮的香水！很贵吧？

木木：还好了……反正基本上喷一下一块钱。

小懒：……其实，不用买这么贵的礼物。你完全可以用买这瓶香水花的一半的钱，去买花……然后叫快递直接送到我们单位！然后全公司的人都知道有人送我花啦，哈哈……

木木（委屈）：哦，我知道了，送女生礼物的宗旨是——花最少的钱，满足她最大的虚荣心！

小懒：嘿嘿，还好了……

木木：那我现在把这瓶香水退了，买九十九朵玫瑰明天送到你单位好吧？

小懒（紧紧护住手中的香水瓶）：已经买了就不要退了，不过我是不介意你明天再快递花到我们单位的。

木木：你想得美！

| 2006年2月23日 | ☑

小懒昨天和木木吵架了。

原因是……

昨天早上起床，小懒正准备以豹子般的速度冲去厕所，发现木木已经毫不留情地将厕所内唯一的马桶给霸占了，手里还拿着一本村上春树的小说正看得津津有味。

小懒：你快点，我快……憋不住了。

木木：以前都是你先上大号，我忍着不去，先刷牙洗脸什么的，等你上完再去。现在该轮到我先上厕所了，你先干别的。

小懒（目瞪口呆）：好吧，你要快啊。（极不耐烦地刷牙、洗脸、戴隐形眼镜、化妆……）

十分钟后。

小懒：哎，木木，我都完事了，你怎么还不出来？

木木没理会她，继续看书。

小懒（气急）：你不要逼我出绝招！

木木：你想怎样？

小懒：我要骂人了。

木木：哦？好啊。

小懒：你，你个大无赖，你大早上的在厕所待那么久，你肠胃有问题，你你你……你还看村上春树的书，我知道，其实你早就暗恋他了，你取向有问题。你你你，浪费别人的时间，你你你，恶贯满盈，你你你，狼心狗肺，你你你，十恶不赦，你你你。罪恶滔天……你，（口气变软）难道就不知道，人有三急吗？

木木（心不在焉）：哦，我知道了。

小懒：我都像个猴子似的在房间里蹿来蹿去这么半天了，难道你就没有一丁点儿的怜惜之情吗？

木木：你说完了？

小懒（气结）：说完了。

木木：苏小懒，我忍你不是一天两天了，我即便在家里上大号，也不过一周两三次，可你呢，你老是在家里上大号，有时候还一天两次。你就不能学学我在单位上大号吗？你说，你都浪费掉多少卫生纸了？我早就发现了，你用手纸还特别多，你上一次厕所至少用一米手纸，一天两次的话就是两米的纸，一个月就是六十米，一年就是七百二十米，这都合多少吨了，得多少根木头？你说，日久天长，你都毁了多少森林了？

……

小懒决定下次他上厕所的时候再也不催他了，打死也不催了。

2006年2月26日 ☑

木木很健忘，每天都忘出新花样，小懒很头疼。

小懒第一次领教木木的健忘，是他们刚刚搬到新租住的小区时。搬到那里的第一天，木木就把唯一的一把钥匙忘在了房间里，花了一百块钱请人开锁（呜呜呜，一百块钱啊）。

后来他们买了一辆五百多块钱的崭新的自行车，还没骑上几天，木木去超市买东西，忘记骑回来了，等他想起来回去找时，早就被人偷走了（呜呜呜，五百块钱啊）。

还有，他们跟阿橙合租的时候，当时的房子有个特点，如果有人把门反锁上，在里面的人是打不开的。木木曾经把阿橙反锁在房间里，饿了人家整整一天……

真是往事不堪回首……

还是说现在吧。每天，小懒和木木一起出门上班，到了地铁口再各奔东西。所以提醒木木不要忘带东西，就是小懒的头等大事。一开始，木木忘记的东西不外乎三样：手机、钱包、胸卡。所以小懒每天都要追在他屁股后面，问这三样东西带了没有。

这样就可以了吗？显然不可以——

小懒：木木，手机、钱包、胸卡，带了吗？

木木：呀，手机没有带！

……

路上。

木木：我忘记东西了。

小懒：忘记带什么？

木木：有本书领导要我看了今天做专题的，我昨天看完就扔在沙发上了……

所以，小懒开始在提醒他不要忘记原来那些东西的基础上，加上了提醒他最近有没有做哪本书的专题。

这样可以了吗？显然不可以——

小懒：木木，手机、钱包、胸卡，带了吗？最近有没有做哪本书的专题啊，书带了吗？

木木：手机？带了。钱包？好像……带了。书？嗯，没有，走吧。

……

路上。

木木：我忘记东西了。

小懒：忘记带什么？

木木：今天是我们公司贺岁杯的足球赛，我是队长哎，可我忘记带队服和球鞋了……

所以，小懒开始在提醒他不要忘记原来那些东西的基础上，再加上了提醒他有没有忘记带足球队服和球鞋。

这样可以了吗？显然不可以——

小懒：木木，手机、钱包、胸卡，带了吗？最近有没有做哪本书的专题啊，书带了吗？今天要去踢球吗？有没有带队服和球鞋啊？

木木：带了带了。走吧！

……

路上。

木木：小懒，我忘记东西了……

小懒：忘记什么了？

木木：今天要和一家公司签合同，我昨晚看了之后扔沙发上了，结果……

……

所以，小懒开始在提醒他不要忘记原来那些东西的基础上，又加上了提醒他有没有忘记带合同。

这样可以了吗？显然不可以——

小懒：木木，手机、钱包、胸卡，带了吗？最近有没有做哪本书的专题啊，书带了吗？今天要去踢球吗，有没有带队服和球鞋啊？今天要不要签合同，合同带了吗？

木木（不耐烦）：带了都带了。

……

路上。

木木：小懒，我忘记带东西了……

小懒：啊，忘记带什么？

木木：手机。

小懒：我不是提醒你了吗？

木木：可是你说的太多，烦死了，我说带了，其实是敷衍你……

小懒（四脚朝天）：……

所以，小懒开始在提醒他不要忘记原来那些东西的基础上，还要盯着他把东西一个个拿出来给小懒看，以便确认他不是在敷衍她，而是真的带了。

这样可以了吗？显然不可以——

小懒：木木，手机、钱包、胸卡，带了吗？最近有没有做哪本书的专题啊，书带了吗？今天要去踢球吗，有没有带队服和球鞋啊？今天要不要签合同，合同带了吗？一个个拿出来让我看看，到底有没有真的带。

木木：都带了，你看，真的都带了。

小懒：出发吧。

……

路上。

木木：小懒，我……那个，我，真的很……

小懒（紧张）：怎么？你又忘记带东西了？

木木：不是，我是觉得，你对我真好。辛苦你每天都提醒我。今天我全都带着了，没有忘记任何东西。

小懒：哦，那你先走吧。

木木：为什么？

小懒：我忘记带手机和钱包了。（黑脸）你先走，我一会儿回来自己走。

木木：……

| 2006年3月5日 | ☑

小懒心得：木木是个好男人啊好男人！

木木：小懒，我们周末去秦皇岛看你爸妈，给他们买个微波炉吧。这样，他们做菜、热饭就方便很多了。

小懒（有些感动和惭愧）：木木，你真是个好男人，对我爸妈也这么好。

于是木木和小懒去了距离家不到一千米的电器城，选择了一款物美价廉、功能非常多的微波炉。

因为第二天有朋友开车接送，而电器城要三天之后才能送货，为了能及时送给爸爸妈妈，又因为电器城离住的地方只有一千米，打车太浪费钱了，所以小懒和木木决定付完钱就把微波炉抬回家里！

木木：老婆，交给我吧！我有的是力气！

小懒：哇，木木，你好厉害！

于是大力士木木抱着用庞大的、厚厚的纸箱子包裹起来的几乎有他半人高的微波炉，身体向外微微挺着，大跨步地向家中赶。

东西不是特别重，但因为路不好走的原因，没走几步，木木的头上就冒出了细密的汗水，呼吸也跟着急促起来。小懒紧紧跟在后面，只能勉强跟上木木的步伐。

途中。

小懒（关切）：木木，你累不累？

木木（强打精神）：老婆，你放心吧，我没问题！

小懒：真的没问题？

木木：你不要担心我，真的没事，我能坚持。

小懒（放心）：不是，我走路走累了，你能背我一下吗？我实在走不动了。

木木：……

| 2006年3月11日 | ✓

小懒和木木终于买房了，不过开发商要在两年后才能把房子建好。能够结束租房生活，有自己真正的家是木木和小懒一直以来最大的愿望。虽然正式成了房奴，虽然贷款的数额让小懒接连几晚睡不着，恨不得把一分钱掰成十瓣来花……但毕竟买了属于自己的房子，还是很开心的。节省、还贷开始成为木木和小懒最近开始实施的基本生活准则。

关于不要太节省的问题——
小懒：木木你回来啦！看，这是我买的纯植物油护手霜，才十块钱！
木木（心疼）：小懒，虽然咱们现在买房了，可是真的没必要这样的。我会努力的，好好工作，好好赚钱，我们慢慢还。不能因为房子，咱就把生活水平降低到这个程度。
小懒（若有所思）：哦，这样啊。
木木（苦口婆心）：对啊，你不要有太大压力。看看我们周围的同事、朋友，现在谁没贷款？大家都一样的。以后我们的生活会越来越好的，所以以后不许你在吃的方面以及生活用品上降低水准。听到没？
小懒（雀跃）：木木你真好。看，（转身从衣橱里拿出一个包包）看这个 Bottega Veneta 小羊皮纯手工编织女式包包，一千三百块！
木木：……

关于吃鱼的问题——
木木不抽烟，不喝酒，爱家敬业，唯一的嗜好就是吃鱼，嘴还刁，只喜欢吃鲈鱼和鳜鱼，黄花鱼也说得过去，一般的小鲫鱼和草鱼人家是看不上的。按理说喜欢吃鱼，本是好事，但木木总是狮子大开口，在饭店吃饭的时候，什么贵、什么好吃点什么，并且经常趁小懒没注意偷偷点菜，结账时小懒的肝都疼！
可是木木上班辛苦了整整一天，晚上想吃点好吃的，要说不行，也太残忍了,所以小懒只能采取迂回战术。

前几天,小懒和木木在外面吃饭,新搬的小区内有条美食街,餐馆都很漂亮。木木一走到路上,心就飞了,看哪家豪华气派,就想进哪家……哎呀,一顿饭下来,两个人居然吃了好几百元,呜呜呜,他们还有三十年的房屋贷款没有缴清……

埋完单,小懒决定跟木木谈心。

小懒(语重心长):木木,咱不能这么奢侈了啊,你看,咱们还贷着款呢,天天这么大吃大喝哪行啊——当然了,我倒不是舍不得,我自己也吃了,喀喀……总之你这样太过分了,你明白吗?花这么多钱吃饭,你说,你错了没有?嗯?

木木低着头,狠狠地喝了一大口茶,半天不言语。

小懒的心当时咯噔了一下。

小懒是不是有些过分了?唉,怎么能这样呢,木木不就是想吃点好吃的嘛,小懒居然这么过分地对待他。唉,木木上了一天班好辛苦的,小懒真是个不称职的妻子。呜,木木,小懒对不起你啊,是小懒不好,唉。

小懒自责着,同时有些不安地望着木木。

良久,木木又喝了一大口茶,得意扬扬地开口:小懒,我为咱们家节省了五分钱!

小懒:什么?

木木:这两大口茶,如果回家喝饮水机里的纯净水,怎么着也得五分钱吧?

小懒:……

2006年3月15日 ☑

小懒心得:木木是侦察营出来的!

春天到了,小懒又想减肥了……

小懒：木木，你监督我吧，这次我是真的真的真的下定决心减肥了。

木木：我才不相信，哪次你不是坚持不了多久就暴饮暴食，还是算了吧。

小懒：哎呀，我这次是真的，你监督我嘛，我要是偷吃肉，我就、我就把一周拖地、洗衣服的活儿全都干了！

木木：你也用不着一天都不吃，晚上不吃就行，那样也减肥。你要是真减肥，晚上不吃肉，我就把一周拖地、洗衣服的活儿全都包了。

小懒：好吧。

接下来几天小懒的食谱——

第一天：早餐，一杯牛奶，一块肉松蛋糕。中午喝了一碗粥。晚上吃了两个苹果，一个菠萝，外加六个杧果。

第二天：早餐，一块鸡蛋灌饼，一杯豆浆。中午吃了牛肉盖饭。晚上……

小懒：呜呜呜呜呜呜呜，两天没有好好吃肉，好空虚啊好空虚……

小懒决定去超市买两个大猪蹄，不告诉木木，偷偷吃掉，等他回来，就说什么都没吃。

狼吞虎咽。大快朵颐。美味。香。

过瘾过瘾过瘾好过瘾。

吃完了猪蹄后，小懒开始打扫战场。木木的鼻子很灵的，于是小懒用香水喷了喷房间，哦，他还有检查垃圾桶的习惯，小懒又专门下楼出去倒了垃圾。

还有什么？嗯，香水的味道太浓了，有点像做贼心虚的味道，还是开窗透透气吧。

一个小时后，木木下班回来。

木木：小懒，你……又吃肉了？

小懒：啊，没有，我确实很想吃，可是可是……我要坚持啊。

木木：你去拖地吧。

小懒（强作镇定）：凭什么要我去拖地？

木木：你不要以为我没有证据！

小懒：你能有什么证据？你哪只眼睛看到我吃肉了？

木木（气得眼睛都瞪圆了）：你还不承认？你说，这是什么？

木木手里扬着一张小票，小懒凑过头去看，上面赫然印着：

京客隆XX超市，2006-3-16 18:30:29

单号：2879

猪蹄两只。

总计26元。

实收：30元。

找零：4元。

……

小懒：千算万算，忘记把扔在客厅的小票收起来了……

木木：……

|2006年3月18日| ☑

小懒在看一档征婚节目。

女：如果我和你妈妈同时掉到水里，你会救哪一个？请一号、二号、三号和六号男嘉宾回答。

男一号：救我妈妈（有魄力）。

男二号：呃，谁近我就救谁（很机智的回答吧）。

男三号：我……当然是救你了（好一个娶了媳妇不要娘的人）。

男六号：我会救未来的妈妈（也许是孩子的妈妈，也许是未来我们结婚后你的妈妈）。

小懒（若有所思）：好玩好玩。

木木下班回到家。

小懒：木木啊，如果我和你妈妈同时掉进水里，你会救哪一个？要想好再认真回答哦！

木木：啊？什么？和我妈妈同时掉进水里？我妈妈不是在海南吗？

小懒：我是说假如嘛。

木木：你们俩为什么会掉进水里啊？你陪她去逛街？哎，你们要是出去，就多散散步，还有，我妈妈喜欢衣服，你可以带她去逛商场嘛。

小懒：我不要，老妈去商场，不像是买衣服的，像是顶级裁缝去视察工作。不是嫌弃人家扣子缝得不好，就是觉得人家的裁剪有问题……呃……不是啦，我是说，假如我和你妈妈掉进水里……

木木：掉进水里？不对啊，你都不会游泳，去水边做什么？我早就跟你说过，应该学学游泳，能锻炼身体又能保持身材，你偏偏不听。你说，就你这样下去，啥时候能减肥？

小懒：我慢慢减啊，不可能一天就……不是啦，我是在问你，如果我们都掉进水里……

木木：现在的水，质量真是不行，矿泉水喝了都觉得味道怪怪的。哎，现在北京的空气也不好，比我们海南差远了。你知道的啊，在海南，早上洗脸，都不用擦东西，脸上一直湿乎乎的。可北京呢……两分钟之内不擦保湿乳液脸就干巴巴的涩涩地疼，对吧？

小懒：……哦。

木木：对了，你刚才要问我什么？

小懒：没什么了……

| 2006 年 3 月 20 日 | ☑

木木心得：一定要练好普通话！

来北京多年的木木，整日里操着一口蹩脚的普通话说："我的普通话是全世界最标准的普通话啦。"可怜他连"2"的音都发不出来,只会说"饿","u"和"i"也区分不开。于是和大言不惭的他上街,经常会有这样的对话——

关于特饿路——

木木和小懒去逛街。

木木:啊……哈哈,小懒,这个车好傻啊。

小懒:什么车?

木木:特饿路啊。

小懒:特饿路?路有什么饿的,和车有什么关系?

小懒抬头,看到迎面开来一辆"特2路",顿时汗如雨下——原来,木木指的是特2路公交车,这个,呃,确实很二,确实很傻……

小懒:这辆车一定很感谢你。

木木:为什么?

小懒:因为大家都叫它"特2路",只有你叫它"特饿路",傻和饿相比,它一定更喜欢饿。

木木:……

关于一二三四五六七八——

木木下班回到家,心情很是不好。

小懒:木木,你怎么了?

木木:小懒,我的普通话真的很烂吗?

小懒:啊……怎么突然说起这个?

木木:今天,公司的合作方打总机转到我这里,聊了之后问我的座机号码。

小懒:这很正常啊。

木木:可是我说了好几遍,这个重庆人都不知道我在说什么。

小懒:不会吧?

木木:我说我的号码是六饿六七××××。结果对方说,什么?我说六饿六七××××。他还是不知道我说什么。

小懒：……你这辈子就毁在"饿"上了。

木木：好吧，就算我说的普通话不标准，我就说，饿，就是一饿三四的饿……他还是不明白。我又说，是A、B、C、D的B……他还是不明白！

小懒：……后来呢？

木木：后来我就说，是哆来咪发的来，排在第"饿"的来……

小懒：那他最后明白了吗？

木木：也没有……后来，我没办法就把电话号码发到他手机上了。

小懒：真是难为你了……

2006年3月27日 ☑

小懒心得：木木没有当警察，实在可惜了。

勤劳、善良、贤惠的小懒同学这天下了班，买了青菜、鳜鱼、馒头和香喷喷的猪蹄肉，在厨房里一阵叮叮当当的忙碌之后，做了两菜一汤，然后把馒头和猪蹄肉放在锅里蒸。

等到蒸汽上来，焖一会儿，就可以出锅吃饭啦！

这点时间做些什么呢？嗯……看会儿电视吧。

小懒打开电视，啊，居然在播自己最喜欢的濮存昕主演的《茶馆》，天啊天啊天啊！

濮存昕好帅！

说话真有激情！

每一个动作都好有力量！

不知道过去了多久。

等等，什么味？好像，好像有什么东西煳了。

天啊，我的馒头，我的猪蹄！

小懒快步冲进厨房……已经晚了，白馒头已经成了黑乎乎的一片，猪蹄也焦得不成样子。

唉，算了，好丢人！趁着木木没回家，假装没有买馒头和猪蹄吧。小懒把锅刷干净，把窗户打开通风，消散掉糊味，又叫了米饭外卖，等待木木回来开饭。

木木下班回到家，在厨房里绕了一圈。

木木：小懒，你今天是不是把什么东西煮糊了？

小懒：啊……这，不可能啊？你看到了什么？房间没有糊味啊。

木木：确实没有糊味，但是咱家的锅怎么会这么干净呢？你用钢丝球刷过吧？哼，看这锅这么新，我就知道你煮糊东西了。

小懒：……

2006年3月31日 ☑

木木心得：问我爱你有多深，只有我最懂小懒的心！

木木：小懒，今天晚上我们同事聚餐，你自己吃饭吧。

小懒：好吧，那我自己找乐子去啦。

小懒打电话叫上好久不见的朋友去了避风塘，侃大山，玩杀人游戏，不亦乐乎。

晚上八点。

木木：小懒，我回来了，你在哪里？

小懒：哦，我一会儿回去。

晚上九点。

木木：小懒，你回来了吗？

小懒：哦，一会儿回。

晚上十点。

木木：小懒，你快点回来，楼下那家外贸店又上新衣服了……

小懒：啊！我马上到！！

木木：……

2006年4月4日 ☑

今天是小懒妈妈的生日，祝妈妈生日快乐！呃，不过中午吃饭为妈妈庆祝时，小懒和木木吵了起来。

小懒：我最不喜欢你没有社会公德了……刚才那个纸团，你没有扔到垃圾桶里，应该捡起来重新扔，而不是假装没看见，转身就走。

木木：外面也有很多垃圾啊，都是别人扔的。

小懒：别人我管不着，反正你得捡起来。

木木：太脏了。

小懒：脏也得捡。虽然你经常在公交车上给老幼病弱残让座，那也不代表你就是个好人，如果人人都像你，扔垃圾的时候扔在垃圾桶外面，会怎么样？

木木：反正我不去，到时候会有清洁工打扫的。

小懒：你没有公德心。

木木（怒了）：你才没有公德心呢！

小懒：我怎么啦？

木木：你就是没有公德心……你你你（理屈词穷）你吃饱了饭还要吃水果，吃饱了水果还要喝酸奶，喝了酸奶还要吃核桃，吃了核桃还要喝蜂蜜水，你浪费粮食、浪费资源，你还破坏生态平衡……全世界还有那么多人连温饱都达不到，你说，跟你比起来，我算得上什么？

小懒：……算你狠。

第一章

| 2006年5月16日 | ☑

吃过恋爱周年纪念日的午餐,小懒和木木回到家就累得瘫在了沙发上。休息了一阵,小懒打开电视看肥皂剧,木木玩游戏。两个人心照不宣地各干各的,谁都没有干扰谁。

没过多久。

小懒:木木,你到床上去给我表演QQ表情里那只笑得四脚朝天的大熊猫。

木木:好的。

木木甩掉拖鞋,侧躺在床上。抬起弯着的右腿,朝天的右脚晃动着,又陡然在半空中停顿,接着做崩溃状轰然倒地。

小懒:哈哈,表演得不错,挺像的。嗯,再给我揉下肩。

木木(痛快地答应):好的。

小懒侧过身,木木挨着小懒坐下,轻轻地捶打着小懒的双肩。

小懒(惬意):真舒服。说二千二百二十二,让我开心。

木木:好的。饿千饿百饿十饿。

小懒:哈哈哈哈哈哈!可怜的连"2"的音都发不出来的人。现在说"儿子"。

木木:蛾子。

小懒:哈哈,大笨蛋,你这辈子什么时候可以发出"er"的音啊。我见过那么多你的老乡，人家都能说得出来。哈哈。

木木：还要我做什么吗？

小懒：对啦，给我学个狗叫。

木木：嗷嗷嗷嗷……

小懒（满足）：不错不错。哈哈，（拍手掌）我又想起一个好玩的，（转过身撩起木木的睡衣）你的肚脐眼就是遥控器，我按的时候会喊"biu"——这就是指令，你接收到以后肚脐要振动一下，表示接收到指令。然后马上喊"啊"去执行我的命令。比如，我说，"biu，坐下"你就得坐下。听到没？

木木（乖巧）：好的。

小懒（按木木的肚脐，嘴里喊着）：biu！去给我洗个苹果。

木木（肚子前倾做振动状）：啊！马上去洗。

小懒：好啦，不玩了。

木木（如临大赦般舒口气）：那，小懒，请问我可以专心地去打游戏了吗？

小懒（心满意足）：嗯，插播的广告终于结束了，你可以去了。

木木：呜呜呜呜呜呜，电视台什么时候才能在播放电视剧的时候不插播广告啊？

木木为什么这么听话？因为小懒和木木达成协议：不上班的时候木木可以玩游戏，小懒可以看电视剧——但是，如果木木希望自己在打游戏的时候小懒不去干扰或者做出种种影响木木游戏进程的举动，就必须在小懒看电视剧插播广告的时候没有任何反抗地供小懒完全支配。

木木（敢怒不敢言）：强烈谴责不平等条约！

| 2006 年 5 月 27 日 | ☑

小懒午餐的时候和朋友聊天。

小懒：昨天木木把我气坏了。

朋友：怎么啦？

小懒（愤愤的）：昨天他故意找碴儿，被我狠狠地骂了一顿。

朋友（疑惑）：不会吧？你老公脾气多好啊。他到底做错什么啦？

小懒（气鼓鼓）：昨天我们坐公交车的时候，路过一家肯德基，我想吃肯德基，木木非不让，说没营养，对身体也不好。

朋友：他这确实是为你好啊。

小懒：但偶尔吃一次也没关系啊，他就看不得我开心。等一个多小时后到站，我就跟他发脾气，快到家的时候他又说带我去吃肉夹馍作为补偿。

朋友：……这，肉夹馍也不错嘛，你就将就下啦。

小懒：才不是，等到了那家陕西人开的店，早打烊了，你说我生气不生气！

朋友（尴尬）：咯咯，不过，呃，既然没有就吃别的嘛。

小懒：是啊，我也这么想，后来我就说不吃肉夹馍了，买几罐酸奶去。

朋友：这也挺好，有营养，对身体也不错。

小懒（忍无可忍）：可是你知道吗？最过分的就在这里，我去了超市，居然也关门了！

朋友：呃……

小懒：所以你说，木木是不是很过分？

朋友：这……这，呃，可是我还是没明白木木到底错在哪儿了。

小懒：这还用说，这是性质问题！

朋友：什么性质问题？

小懒（继续发着怒火）：你说，如果当时看到肯德基的时候我们下车去吃，还会有后面那么多事吗？都是他管着我，搞得我那天没吃着肯德基，也没吃着肉夹馍，连酸奶都没有……

朋友：好可怜的木木……

| 2006年6月11日 | ☑

木木是这样崩溃的！！

或者叫——木木崩溃三部曲好啦。

一、

这天，木木忙碌了一天的神经在晚上八点三十分逐渐得到放松。忙完了今天的工作，终于可以下班了。

小懒说晚上做鱼吃，木木出了公司的门，一路期待地往家赶。

可是北京拥挤的交通总是那么稳定，说好晚上九点之前到家的，这样下去，估计十点能到就不错了。

一路走走停停，终于坐公交到了地铁口。地铁里拥挤的人群如同北京拥挤的交通一样稳定，连个挪步的地方都没有。

出了城铁，上了一辆人力车，人力车一路急驰的速度如同地铁里拥挤的人群一样稳定。不管红灯绿灯，不管有无地障，从不踩刹车，绝不管有无行人过马路，只管一口气杀过去。

天啊，终于到家了。

按了门铃，听到脚步声，应该是小懒来开门了。木木换上笑容，因为不想把工作的疲惫带到家中，不承想，门开了，一个女人双手叉腰，眼睛瞪得老大，站在门内，气冲冲地冲他吼道："你把厨房的抹布丢到哪里去了？"

他惊呆。

二、

小懒下班啦，飞奔到菜市场，买鱼买肉，买水果，买豆浆，青菜——等到从菜市场出来的时候，手里满满地拿了少说有二十斤的东西。

细细的、装满东西的、五颜六色的塑料袋子压下来，没走几步小懒的手已经被勒出了深红的印。好不容易到了楼门口，还要爬五楼，直憋了一口气，出了一身的汗，澡也顾不得洗，便在厨房紧张地忙碌起来。

快九点的时候，饭菜香不断从厨房飘出，厨房内早已是一片狼藉。灶台上，水、油点子、菜叶——脏乱不堪。

这时候，小懒发现了一个严重的问题：厨房的抹布不见了。

小懒站在厨房同样脏兮兮的地板上，东翻西找，越是找不到，越是气急败坏，怎么会找不到呢？找不到，厨房怎么收拾？小懒一向是把抹布放在灶台上的。客厅的抹布放在洗手间，卧室的抹布放在窗台上，气死了，气死了，为什么找不到？

小懒开始钻牛角了，头大了，干脆什么都不做，就在厨房转圈子，死活也得把抹布找出来。

好一会儿，小懒想起，昨天是木木洗的碗，收拾的厨房。对，肯定是木木！平时就根本不做什么家务，好不容易表现一次，还把抹布给弄丢了，就知道他没安好心。上次就是，有一块抹布莫名其妙就不见了，问木木，他说觉得抹布脏了，就扔掉了，木木说，一块抹布而已，你再买一块呗。

没错，这次肯定又是木木扔的，这个精神病，闲着没事抽风玩的家伙。小懒自己不知道换抹布啊，用你管啊，就知道扔不知道善后的家伙！就你眼里有活儿，别人就没有？现在这么脏兮兮的厨房没法收拾，怎么办？真是既耽误人又耽误事！这个家伙！看你回来了怎么收拾你！

焦虑而躁狂的小懒再也忍不住啦，事情不解决，小懒什么也不想干，不能干。小懒感觉自己气鼓鼓的，像一个不断充气的气球，不断充气……小懒沉住气，不打电话也不发短信。他是说好九点之前到家，估计是堵车了，这样下去，十点能到就不错。

快十点的时候，小懒终于听到了他的脚步声，一步一步，没错，肯定是他回来了。

敲门声响起。小懒站起身，开门，丝毫没有看眼前的男人，她要把满腔的怒气放出去，她怒发冲冠，龇牙咧嘴吼道："你把厨房的抹布丢到哪里去了？"

木木惊呆。

小懒看到惊呆的木木，也彻底惊呆。

三、

木木：你莫名其妙！

小懒（大笑）：确实有点儿莫名其妙。

木木：我下班回来，想到马上见到你了，就很开心，你就是个泼妇，上来就不分青红皂白朝我怒吼，问我抹布到哪里去了，我哪里知道什么抹布到哪里去了，你个精神病。

小懒（有点心虚）：喀喀，呃，今儿天气不错呀！

2006年6月19日 ☑

晚上散步的时候，有微微的风吹过来。

理科生木木突然诗兴大发，吟道："微风啊吹拂着我的面／我的亲密爱人啊／走在我的右边……"

小懒：哈哈哈哈哈哈！笑死我了。哈哈哈！（忍住笑）不过，还真像那么回事。后面呢？

木木（绞尽脑汁）：呃，那个，那个……走在我的右边！

小懒：继续啊！

木木（一拍头）：哈哈，我想好了后面的内容了。（为难）不过，你可不许生气啊？

小懒：嗯，不生气，你说吧。

木木：微风啊吹拂着我的面／我的亲密爱人啊／走在我的右边／我的傻老婆听我这么一念／笑得白眼乱翻……

小懒：……

| 2006 年 7 月 2 日 | ☑

不堪忍受小懒对自己的欺压凌辱，木木同学最近一直在学习关于兵法、谋略之类的书籍并加以应用，小懒屡屡中招。

关于踢足球的美男计——
木木：小懒，我晚上可以跟同事踢球吗？
小懒：啊？别去了，外面下着小雨呢。
木木：可是……
小懒（不耐烦）：我说不准去就是不准去，没有可是。
木木：哦。
过了一会儿。
木木：小懒，你看着我。
小懒：嗯，咋啦？
木木（深情款款地盯着小懒）：老婆，自从我们在一起，我感觉自己特别快乐。
小懒：哦。
木木（小心地咬住嘴唇）：小懒，你一会吃饭的时候多吃一点吧，我以后不说让你保持体重了。我都想好了，胖点就胖点，只要我喜欢就行。
小懒：哦。
木木（咧开大嘴巴凑到小懒面前，委屈巴巴）：小懒，帮我看看那颗智齿，消肿点没？
小懒（用手托住木木的下巴）：消了，好很多了。
木木（用手按住小懒托着自己下巴的手，用无限温柔、无限可怜巴巴的语气）：老婆，我今晚可以去踢球吗？
小懒（神魂颠倒）：哦，去吧，注意安全！
木木：哦耶！

关于同学结婚的将心比心——

木木：小懒，我同学这周末在郑州结婚，他打电话要我过去。

小懒：不许去。你那个同学最没谱了，用得着的时候才联系你，用不着的时候两三年不联系。最讨厌这种势利的家伙了。

木木：可是他请我了啊，不去不好。

小懒：坐火车过去得好半天呢，大周末的干点啥不好？不许去。听到没有？

木木：哦。

过了一会儿。

木木：小懒，问你件事。

小懒：啥事？

木木：你还记得咱们结婚的时候吗？

小懒：哎，当然。不过，你怎么问这个？

木木：当时你家人有事一个都没有过来，你当时是不是心里特难受？

小懒（黯然）：对啊，尤其是你们集体都说海南话，我一句也听不懂，现在想想，还会难过呢。

木木（叹气）：所以说啊，结婚就是开心的事情，自己认识的人越多，也就越热闹。

小懒：嗯，是这个道理。

木木：所以，小懒，你说我同学的婚礼，我能不去吗？

小懒（坚定）：绝对不能！

木木：哦耶！

关于购物时的釜底抽薪——

小懒：木木，我好喜欢这套餐具哦。

木木：小懒，不要买了，又贵又难看。回头我带你去逛专门卖餐具的店。

小懒：我不要。我就想买这个。

木木：那咱们先去买之前计划买的床单好吗？这个改天再看。

小懒（火暴）：我才不要。我告诉你，我早就对你不满了。你每次觉得不合适、不想让我买，总是说"改天、改天"，其实你压根儿就不想让我买。上周那条裙子，还有一个月前的手提包，去年的那件藕荷色的风衣，还有……很多很多，因为你，我错过太多的东西了。

木木（尴尬）：你记得还真清楚哎。但是那些确实不适合你嘛，所以我才……算了，错过就错过了，总有下次嘛。

小懒：我才不相信下次。每次你不让我当场买，我总要隔天再过来，耽误我的时间又浪费车费，有时候去晚了人家早就没有了。我以后再也不上当了，我不能因为你让自己反复错过那么多重要的东西。

木木（抛出绝招）：可是，可是，你……并没有错过我啊。

小懒：什么？

木木：对你来说，最重要的是不是我？

小懒：呃……（好像是这么回事）应该是的。

木木：呐，现在对你最重要的人的意见你都不肯听……

小懒（有些惭愧地认识到自己确实有些无理取闹）：好啦好啦，不买就是了。

木木：哦耶！

2006年7月15日 ☑

今日心得——男人靠不住！

小懒：木木，你说你是猪。

木木：嗯，我是猪。

小懒：哈哈！真听话！你再说你是狗。

木木：嗯，我是狗。

小懒：哈哈，乐死我了，真有这么笨的人吗？你脾气还真好。

木木：嗯，嫁狗随狗，嫁猪随猪！

小懒（自己打了自己的嘴巴，赶紧转移话题）：木木，如果可以，让你选择和一个人共进晚餐，古今中外，都可以，你会选择谁呢？

木木：我选择诸葛亮，我要拜他为师。

小懒：如果人家不收呢？

木木：那我就长跪不起。

小懒：那人家收了你呢？

木木：我就跟他学习天文、地理、军事……把他所有的本领全学会。

小懒：再然后呢？

木木：再然后我就回到三国时期，和他交换身份，把他一脚踹到现在的世界中。

小懒：……这样啊，那接下来呢？

木木：接下来，我要让张飞当我的伙夫，关羽当我的保镖，刘备当我的管家……嗯，还有一个很重要的，我要娶……

小懒：我就知道你这花花肠子里没有好东西，那你觉得，我在哪里，我应该怎么办呢？

木木：你啊，你已经嫁给现实世界中的我了！而我已经是诸葛亮跑到古代去了，所以，你和诸葛亮压根儿就没关系啊。

小懒：……

| 2006 年 7 月 21 日 | ☑

今日心得——经济基础决定上层建筑。

小懒：木木，你有零钱吗？

木木：要多少？

小懒：三块。

木木：喏，给你。你要干什么？

小懒：买包子吃。老板，包子多少钱一笼？

老板：两块五。

小懒：好，来一笼！

木木：小懒，来两块钱的就可以了，一笼吃不了。

小懒：两个人吃一笼刚刚好，老板，一笼！

木木：老板，来两块钱的！

小懒：老板，我给你钱，我就要一笼！

木木：有没有搞错，你那钱是刚才我给你的！我说买两块钱的就买两块钱的！

小懒：废话，木木，现在钱在我手里，我想怎么花就怎么花。

木木：废话，是你搞错了，经济基础决定上层建筑！

小懒：少给我来这套，我决定你！

木木：……

| 2006年8月4日 | ☑

今日心得——木木就是笨啊，哈哈哈。

木木：小懒，我今天看了脑筋急转弯，你猜猜吧。

小懒：好啊。

木木：什么事情必须结婚以后做？

小懒：这个……这个嘛……嘿嘿，当然是……当然是……当然是离婚了。

木木：你知道啊，是不是以前听过？

小懒：没有，是我太聪明了呗。再说一个。

木木：嗯……睡觉前必须做的是什么？

小懒：当然是闭上眼睛了。

木木：不好玩，你老是猜中我太没有成就感了。你就不能假装被难住吗？拜托你给我点儿面子行不行？

小懒：呃……好吧，你还真难伺候啊。

木木：看来我必须出绝招了！

小懒：什么绝招？

木木：废话少说，提问！

小懒：回答！

木木：说一位母亲听到小孩子哭，却用脚指头给小孩子喂奶，为什么？

小懒：啊？用脚指头？怎么会？你肯定出错了。

木木：嘿嘿，猜不到吧？你再想。

小懒：因为母亲的脚指头会自动流出奶水。

木木：流你个大头鬼流！好好猜，正经点。

小懒：好吧，我认输了，猜不出来。

木木：哈哈……你居然也有今天！告诉你，是因为母亲听到小孩子哭就用脚指头捅捅丈夫，说，哎，宝宝哭了，你赶紧去喂奶！

……

木木：小懒，你干吗这么色迷迷地看着我？

……

木木（有不好的预感）：喀喀，是说将来我们有了宝宝之后你会这样对我吗？

小懒：不是啦，我哪能这么干呢，这个女人太不像话了，怎么能这样对待自己的老公呢？

木木（握拳，愤愤的）：就是。

小懒：老公天天上班那么辛苦，怎么可以这样对待？

木木：呜……小懒，你真好。

小懒：将来我们生了小孩子，就连他学说话的词我都会先教他喊爸爸！

木木：会吗？会吗？为什么你不教他喊妈妈？是因为你觉得我最重要吗？

小懒：嘿嘿，有一点吧，不过最主要的是，当晚上孩子哭的时候，会是这样的情况：哇哇……哇哇……爸爸……哇哇……爸爸……这个时候，我就可以名正言顺地用脚指头捅捅你，说"嗨，老公，孩子叫你呢……"

木木：……

2006年8月26日 ☑

今日心得——真的不能让木木做家务了。

小懒：木木啊，要换洗的脏衣服不要往沙发上扔，直接放到洗衣机里；吃西瓜的时候不要溅到地板上，否则蟑螂就成群结队地来了，还要拖地；都跟你说过多少遍了，剃须刀用完放进抽屉。你瞧你，乱得要死，我整天跟在你屁股后面，就跟保姆似的，你就不能让我省省心？

木木（不耐烦）：我又怎么了？

小懒：你瞧沙发乱得，收拾下！我整天上班回来还要做家务、做饭，你就知道给我搞破坏！

木木：我周末也做啊。

小懒：你做个屁你做，周末的食材是我陪你一起买的，菜是我洗干净的，米是我下锅煮的，你就给弄熟了呗，有啥好邀功的？

木木：你别说了，我马上收拾还不行嘛。

十分钟后，沙发上收拾得可真干净。

木木：嘿嘿……小懒，我收拾完了。

小懒：……你这叫收拾东西吗？

木木：怎么了？

小懒：沙发上干净了，可你也不能……也不能，把所有的东西都……堆到床上去吧？

木木：可是不放到床上放哪里啊，不用的东西我直接扔掉，要用的我又不知道该放到哪里，只好先堆到床上了……

小懒：……能劳您大驾……把床上的东西收拾干净吗？

木木：你事情还真是多。

小懒：对不起啊……那个，床上的东西不许放到沙发上，听到没有？

木木：……知道了。

| 2006年9月5日 | ☑

今日心得——我再也不和木木吵架了。

木木：小懒，中午去吃韩国料理，我们还有三十块钱的免费券呢。

小懒：好吧，你带上免费券了吗？

木木：带了。

小懒：带钱包了吗？

木木：没带钱包，我带钱了。

小懒：好了，那我们走吧。

……

（行走到一半，突然站住）

木木：老婆，那个，免费券我忘记带了……

小懒：什么？

木木：我说我没有带券……

小懒：之前我不是提醒你了吗？怎么会没有带？

木木：我本来是放钱包里了，可是因为钱包放在牛仔裤兜里，怪难受的，就拿出去了……

小懒：……我受不了你了，每次都是这样，就连早上我锁门的时候都是如此，只要我锁上门，你就忘记这个，忘记那个，你就是成心折腾我，你自己把所有东西带齐了你会死是吧?

木木：你干吗这么大声和我说话，我又不是故意的。

小懒：是，你不是故意的，你是有意的，你成心想累死我。天，我这是造了什么孽啊……

木木：我不就是忘记东西了吗，你至于吗?

小懒：你说，每天叫你起床，都得至少叫四次你才肯起来。起来了慢腾腾的，呆坐着也不洗漱……回头迟到罚钱又该懊悔了……

木木：你少说我了，我还老是照顾你呢，你以为我不费心我不累啊?

小懒：啊？你？照顾我？好，你说，你都照顾我什么了?

木木：远的不说，就说近的吧，大的不说，就说小的吧。

小懒：你少废话。

木木：比如，啊，这个，这个……比如你戴隐形眼镜，护理液的瓶子你从来都不盖盖儿，每次都是我帮你盖……

小懒：这……这……这样啊……还有呢?

木木：比如，比如……你每天早上起来洗完脸，还是会有眼屎，都是我提醒你……

小懒：哦哦，这样啊……还……还有吗?

木木：比如，（越说越来劲）你听到雷声会害怕，我都要安慰你，给你力量，帮你驱赶掉心中的恶魔……

小懒：是……是……是吗……还，还有呢?

木木：你还老是问我一些乱七八糟、莫名其妙的问题，我得不厌其烦配合你，回答你……

小懒：……还有吗?

木木：比如你上大号我从来不嫌你臭……

小懒：那啥，导演，这段掐了别播成吗……

2006年9月18日 ☑

最近小懒的体重好像有点儿危险，在不停地大幅度上升。今天跟木木去北京动物园游玩，他几乎"三句话不离胖"，不停地挤兑小懒。

小懒：好奇怪哦，为什么这里的肉食动物都这么瘦，吃草的都那么肥？你看看那骨瘦如柴的东北虎，再看看那河马，跟撑了十倍的猪似的。我都怀疑饲养员克扣人家肉食动物的粮饷！

木木：也不是啊，你就是肉食动物啊。

小懒：什么跟什么。我在说动物园里的动物。

木木：难道你想说你自己是吃草的？

小懒（恍然大悟）：你想说我胖就直说。

木木：这可是你自己说的。

小懒：哼，我才不跟你一般见识。（转移话题）对了，木木，你知道吗？我今天穿了旗袍上班，大家都夸好看。我们领导还说，啊，好像林徽因哦。

木木（斜视）：拉倒吧，有这么胖的林徽因吗。

小懒：……

2006年9月26日 ☑

木木的朋友们还真是叫人无语。呃，反正终于信了那句话——物以类聚，人以群分。

关于张张同学——

小懒（幸灾乐祸）：呦，听说你媳妇怀孕啦？哈哈，恭喜哦，从此以后你就可以天天哄孩子了，把屎把尿了咯！

张张（愤愤的）：不要急，你也会有这么一天的。

小懒（继续幸灾乐祸）：哈哈，我帮你孩子取名。嗯，我觉得叫张牙舞爪不错，四个字的，还不容易重名。

张张：你这么好心，我也不能辜负你。我也帮你未来的儿子取名。嗯，我想想，对啦！你儿子将来跟木木姓（木木姓林），就叫林海雪原，跟你姓就叫苏宁电器，又别致又有气势，还容易记！

小懒：……果然睚眦必报。

关于阿M同学——

小懒：阿M，你弟弟一个人去了××城市打工哦？

阿M：嗯，上周就去了。

小懒：我听说那里治安不太好，提醒你弟弟注意安全啊。

阿M：嗨，这有什么不好。应该什么都学着点儿，总得有一技之长啊。

小懒：……

关于阿怪、阿炳同学——

阿怪、阿炳同学，是木木真正从小玩到大的朋友。今天来家里做客，聊了一会儿，下午一点半的时候阿炳同学放下吃到一半的饭，跑到客厅看电视。没多会儿，木木和阿怪也跑过来一起看。

阿炳：阿怪你也喜欢看这个节目啊？

阿怪：是啊，我几乎期期都不落下。

木木（兴奋）：我也是我也是，一天不看就难受得少了什么似的。

阿炳：我也是我也是！

三人眼神交流片刻，貌似在感叹找到了真正的知音，激动地握拳，接着又聚精会神地继续看。

小懒跟过来，看到这个场景，再看看电视，无语地回到餐桌继续吃饭。

三人把电视声音开得极大，小懒坐在位子上，听到电视中节目主持人熟悉的声音——

"在小猪阶段，六十来斤以前，还是用常规饲料。到了六十斤以后到八十斤左右，这个时候我们就开始用少量的草浆。到了八十斤到一百二十斤的时候，我们就严格按照比例来，这时饲料是一斤，草是零点六斤。到了一百二十斤以后，我们严格按草料比一比一。"

……

"各位观众朋友，感谢您收看今天的《每日农经》节目，我们明天同一时间，再会！"

阿怪＆阿炳＆木木（惋惜）：啊，这么快就完了，还没看够呢！

小懒：……

第六章

| 2006年10月8日 | ☑

木木心得：为什么只许小懒放火，不许木木点灯？

晚上吃过饭，小懒和木木去散步。

小懒：木木，你看到那家肉饼店了吗？还记不记得咱俩之前住的地方也有一家这样的肉饼店，那时候我们刚刚在一起，时常去吃。

木木（疑惑）：有吗？什么时候的事？我怎么不记得？

小懒：我就知道你不会记得。因为我爱你，远远胜过你爱我！

木木：不要说着说着就把话题上升到这么高的高度。

小懒（动情）：可是，我们在一起的每一件事我都记忆犹新。我记得我们走过的每一条街道，记得你送我的礼物，记得我们逛过的公园……所有的我都记得。

木木（愧疚）：小懒，我……我错了……

木木：小懒，我们去附近的那家超市转转吧。

小懒：哪家超市啊？这附近有超市吗？我怎么不知道。

木木：咱们在一起后，你第一次过生日我就是在那里同你一起买的礼物啊，你忘记了吗？你对那个布熊不满意，我们还过来换，想起来没？

小懒（冥思苦想）：有吗？你在这里买过东西？还送过布熊？我怎么不

记得?

木木（愤愤的）：你看，你都不记得了。你刚刚还说和我在一起的每件事都记得!

小懒：拜托，你是成人，能不能不要这么幼稚，连点儿常识都没有。我又不是机器人，怎么可能每件事都记得。

木木：……

| 2006年10月14日 | ☑

木木心得：小懒是个毫不讲理的人。

小懒心得：木木是个强词夺理的人。

木木心得源自——

小懒觉得木木生气、着急的时候容易语无伦次，所以，小懒决定牺牲小我，帮助木木同学进步。

小懒：木木，我从今天开始，每天都和你吵架。

木木：为什么？好好的，吵什么架啊。

小懒：我觉得你的逻辑思维能力有问题，不是一般的弱，为了让你不断进步，提高自己在这方面的能力，我决定对你进行强化训练。

木木（迟疑）：唔，这样啊，好像还有点儿道理啊。不过这方面我确实有些弱，尤其是一激动就紧张，说话就语无伦次了。

小懒：那么，你是同意和我吵架了？

木木：嗯，没问题。小懒，你打算怎么跟我吵？

小懒（气愤）：好啊，你个白眼狼，无缘无故就想和我吵架，说，我哪点对不起你了？你个没良心的，亏我对你那么好……

木木：刚刚是你说要培养我的逻辑……

小懒（撇撇嘴）：我是随便说着玩的，你还真信啊。看来你是不想和我好好过日子了，我算彻底看透你了。

木木（委屈）：要不是你那么建议，我才不跟你吵呢。算了算了，不和你吵架，你别生气了。

小懒（扬眉毛）：什么？不和我吵？我想和你吵架你凭什么不和我吵啊。我是为了我自己吗？我是想帮你锻炼口头表达能力。你以为我整天上班不辛苦啊？你以为我吃饱了饭闲着没事干啊？我看你是吃了豹子胆了，连我的话你都不听了。说，你到底想怎么着？

木木：我想离家出走……

小懒心得源自——

天气渐渐转凉了。小懒拿出妈妈做的双人被。可是每天早上，都被冻醒。因为不论小懒怎么努力，被子都会被木木抢走。后来小懒又拿出一床被子，但每天依然被冻醒……

小懒（火大）：木木！我受不了了！你就不能给我留点被子？你自己不是有被子吗？每次都是从我这里拽，讨厌，你想冻死我啊！

木木：那是我睡梦中抢的，我又不是故意的。

小懒：我不管你是梦中还是醒着的时候抢的，反正你听好了，这次我要是再被冻醒，就跟你拼命，别想有好果子吃！

木木：真是个八婆，小气得要死，不就是抢个被子嘛……要是人人都像你，和谐社会可怎么实现啊！

小懒：……你少胡说八道。反正再抢我被子，我就把你踢到床下去。

木木：知道了……

半夜，小懒又被冻醒了。

小懒：阿嚏！你又抢我被子，我叫你抢，我叫你冻着我，你还把我逼到墙角……

伸脚踹屁股——木木只是翻个身，继续睡。

用手蹂躏脸——木木打了个舒服的喷嚏，继续睡。

用眉笔在木木的脸上画黑道道儿——木木依然睡得很香甜。

——小懒只有用绝招了，一手捏住木木的两个鼻孔，一手揪住木木紧闭的嘴巴……

木木：啊……小懒，你精神病，半夜三更的想干吗！

小懒：谁叫你抢我被子，我无法忍受了（泼妇般爆发），你根本不考虑我，我要跟你分居！

木木：小……小懒，呃，我错了，你别掐我了，好痛……啊……（杀猪般的叫声）但是，小懒，你要听我说，其实抢你被子，有我的深意啊。

小懒：啊，什么深意？

木木（扯过被子）：你看，如果把被子全部抢走，不是男人变心就是男人黑心。但我这样还给你留了三分之一盖在腿上的，就是爱你的极大表现。

小懒：为什么？

木木：这恰恰说明我离不开你，因为我只有感受到你的体温才能睡得着啊。

小懒：……

| 2006 年 10 月 21 日 | ☑

最近……嗯，收集了两段木木语录，得出如此语录的原因不详：
凡是老婆傻乎乎的，老公一定是聪明的。
凡是老公傻乎乎的，老婆一定是更傻乎乎的。

凡是老婆有错的，老公一定是第一个被嫁祸的。
凡是老公有错的，一定是老婆错在先的。

| 2006 年 11 月 4 日 | ☑

木木是个没心没肺的人，很少失眠，基本上倒床上不到两分钟便酣然入睡。

于是乎，经常失眠的小懒同学得以收集到木木的两段经典的梦话。

关于"都是木偶人"——

这天晚上，失眠的小懒辗转反侧，突然听到身边的木木发出狂笑声。

木木：哈哈，哈哈哈哈哈哈哈……

小懒（拍拍木木的脸）：木木，醒醒，醒醒！怎么啦？

木木（张牙舞爪）：都是木偶人，都是木偶人！哈哈哈哈哈哈。

小懒：木木，你醒醒啊。

木木翻个身，继续睡了。

次日清晨。

小懒：木木，你昨天晚上做梦了吧？

木木：你怎么知道？

小懒：你说梦话了啊。

木木（不好意思）：是吗？我都说什么了？

小懒：你不停地大笑，还喊着"都是木偶人、都是木偶人"。

木木：哈哈！告诉你啊，我昨天晚上梦到被一群坏蛋追杀，逃命逃得都累死了，出了一身汗。后来我躲进了一个山洞，他们也跟着追进来，却全都变成了木偶人。

小懒：啊，为什么呢？

木木：因为这个山洞是有灵气的，只要是坏蛋进来，想要干坏事，想要欺负我，就会变成木偶人……哈哈哈哈！

小懒：……

关于理科生木木熟读《唐诗三百首》的问题——

又是一个不眠之夜。木木睡得正香，轻微的呼吸声让失眠的小懒嫉妒万分。

木木（突然幽幽吟道）：杨柳青青江水平。

小懒（腾地坐起来）：木木？你醒了吗？跟谁说话？

木木（干巴地重复）：杨柳青青江水平。

小懒（模仿木木幽幽的口气，对出下句）：闻郎江上踏歌声。（停顿，试探性地吟道）凤凰台上凤凰游。

木木（木然应道）：凤去台空江自流。

天啊天啊，木木睡觉居然可以对诗！小懒兴奋得再也睡不着，一把掀开被子，从被窝里爬起来，从书架上翻出一本《诗经》。

小懒：桃之夭夭，灼灼其华。

木木（翻身，嘴里喃喃道）：哦。

小懒（重复）：桃之夭夭，灼灼其华。

木木：哦。

小懒（难道只对唐诗有反应？再念宋词）：寻寻觅觅，冷冷清清，凄凄惨惨戚戚。

木木：哦。

小懒（再吟唐诗）：锦瑟无端五十弦。

木木（幽幽接道）：一弦一柱思华年。

小懒：……

次日清晨。

小懒：木木，你喜欢唐诗？

木木：一点儿也不喜欢。

小懒：可是你好像唐诗基础不错嘛。宋词和《诗经》不怎么熟吧？

木木：你怎么知道的？因为我是学理科的啊，对这些文绉绉的东西从小就不感兴趣。唐诗还是小时候我爸让我背的，因为背不下来他就拿小棍子抽我。

小懒：原来是后遗症在作怪。

2006年11月17日 ☑

今日心得——我再也不要去滑雪场了。

周六的早上六点。难得的周末。

木木（突然爬起来）：老婆，起床了，我们去滑雪。

小懒：啊？滑什么雪？

木木：我们单位组织今天去南山滑雪场滑雪，快点起床。

小懒：这跟我有什么关系？

木木：我给你报名了……

小懒：可是我没有说去。

木木：但我觉得你应该尝试下，很好玩的。

小懒：可你至少应该和我商量下吧？

木木：我现在不是在跟你商量嘛……

小懒：你这是在"通知"我吧？是商量吗？

木木：不要玩文字游戏了好不好，快点起床。否则赶不上班车了。

小懒：你你你……我想在家睡觉，你自己去吧。

木木：可是钱已经交了，不能退……

小懒：好吧，我去。我希望下次有什么事情你可以和我商量下。

木木：哦，好吧，既然这样，那么和你商量下吧，我帮你约了明天早上八点的体检。

小懒：……

木木：小懒，你现在会滑雪了吗？我玩了一次就会了。

小懒：哦，我会蹭了。

木木：……

半个小时后。

木木：小懒现在滑得怎么样？

小懒：哦，我会溜了。但是停止下来还得有人帮忙。

木木：不是吧？难不成这么半天全是教练帮你停的？

小懒：不是啦，每次都是撞到人后停下的。

木木：……

一个小时后。

木木：小懒，上瘾了没有？蛮好玩的吧？

小懒：我不想玩了。

木木：为什么？我们的票是可以再玩两个小时的。

小懒：我实在是摔不动了。

木木：……

| 2006年12月3日 | ☑

木木虽然呆呆的，可是偶尔也会浪漫一下下。小懒虽然平时很霸道，但偶然也会温柔一下下。

木木：小懒，让我握着你的手睡吧。

小懒：不行，我不喜欢握着手睡觉，睡不着。

木木：可是握着你的手，我会觉得很踏实，睡觉也好香。

小懒：嗯，好吧。

等到木木睡着，小懒悄悄把自己的手抽出来，翻身睡着了。

半夜，迷迷糊糊中突然感觉到木木的手在摸索着什么，等到找到小懒的手臂，抓到小懒的手后，他突然拉过去，宝贝似的紧紧护在自己怀里。

小懒当下愧疚得眼泪就要流出来。唉，自己太自私了，这本该是一件多么浪漫的事情，小懒却连这点浪漫都不肯满足木木。呜呜呜呜，木木，小懒对不起你。

小懒就这样自责着，迷迷糊糊睡过去。

清晨。

小懒：木木，昨晚睡得好吗？

木木：好啊，哈哈！我昨天做梦，梦到别人跟我抢猪蹄，好在关键时刻又被我抢回来了。哈哈！

小懒：……

2006年12月9日 ☑

木木的恶习大控诉!

小懒:木木,睡觉吧,把电视关了好吗。

木木(迷迷糊糊):你先睡吧。我再看会儿电视。

小懒:哦。

电视的声音吵得小懒无法入睡,小懒只好等木木看完再一起睡。过了一会儿,木木看着看着闭上眼睛睡着了,小懒踢了木木一下。

小懒:木木,下去把电视关了。

木木(生气地睁开眼睛):你干吗?我看电视呢!

小懒:你明明睡着了。

木木:才没有,我眯着眼睛看呢。你少啰唆。

小懒:好吧。

小懒依然睡不着,只好继续等。半个小时后,木木不但闭上眼睛睡着了,还打着轻微的小呼噜。小懒悄悄起来,打算自己把电视关掉。下床的时候不小心碰了木木一下,把他碰醒了。

木木(忍无可忍):你到底要干吗?

小懒:我……我,我要关电视!吵得我睡不着。

木木:我都跟你说过我要看!你睡不着不会使劲睡啊。

小懒:可是……

木木:我在家里就是这样的地位吗,看个电视都不给看。我告诉你,不要太过分!

小懒:可是你睡着了啊。

木木:睡着怎么了?谁说的睡着就不能看电视?我就是喜欢睡着的时候看电视,听着电视里的声音睡得香,你凭什么剥夺我睡觉看电视的权利?

小懒:睡觉看……电视……的……权利?!

| 2006年12月20日 | ☑

木木心得：我再也不要和小懒出去逛街了。

小懒心得：我再也不要和木木出去逛街了。

小懒和木木去散步。路过一所大学时，俩人走进去假装在校大学生，以怀念当年的年轻岁月。

路过女生寝室楼时，门口围了好多人。小懒和木木挤进去，发现一个男生把好多个红色蜡烛排成一个大大的心形，手里还托着一个最大的红烛，对站在红心蜡烛里的红裙少女脸红地说些什么。

周围人不断起哄，女生不好意思地低着头，男生则大大方方地看着女生，表情认真，似乎在等待女生的回复。

小懒：哇，好浪漫啊！

木木：哇，好浪漫啊！（走上前去拍了拍男生的肩）你卖蜡烛的吧？多少钱一根？先给我来两根！

小懒：……

小懒揪着木木的衣领灰溜溜地从人群中跑出来，木木还在愤愤地质问着"你为什么抓我走，蜡烛还没买"。

路过食堂的时候，小懒和木木干脆进去和大家一起吃饭。

小懒（酒足饭饱）：哇，木木，好饱啊。还是学校食堂的饭便宜。

木木：就是啊……虽然难吃了点儿，但好歹有漂亮女生啊。

小懒：嗯，帅哥也都比你好看多了。

木木：……

小懒（用纸巾擦完嘴巴，顺手扔到斜对面的泔水桶里）：走吧，回家！

木木突然抓起小懒的手转身就跑，一路惹得好多学生纷纷驻足。直到跑出学校大门，才停下脚步，松开紧紧攥着的小懒的手。

小懒（气喘吁吁）：你有病啊，想跑死我啊？

木木（不敢相信）：还不是你连累的我，要不然我才懒得管你呢。

小懒：我怎么了我？

木木：你居然还不知道啊？你说，你干吗往人家食堂免费提供的盛汤桶里扔纸巾？嗯？

小懒：那……是汤？（口气变弱）我以为是泔水桶呢。

木木：……

2007年1月6日 ☑

理科生木木和文科生小懒总是吵架。

木木素日脾气温和，但是他就像干瘪却完好的气球，一旦被某人吹满了气，就表现出无穷的爆发力；小懒素日脾气温和，但是有着双子座最明显的特征——情绪化！小懒就像一个气球打气机，给干瘪的气球充气是她的使命。

——可是，偶尔也会有例外。

小懒和木木在去超市的路上。

小懒：木木，我今年的生日你打算送我什么礼物？

木木：你今年过哪个生日？

小懒：我们在一起这么久了，你还没记住我生日？

木木（无奈）：拜托，你一年过三个生日，阳历一个，农历一个，身份证上一个，我到底要记哪个？

小懒：可是我也没办法啊。爸妈坚持按照老家习惯给我过农历生日；当年登记时工作人员失误，我身份证上的日期和实际阳历生日又不符……

木木：少废话，你到底过哪个生日？

小懒（考验）：你记住了哪个？

木木：哼！我全都记得。你农历生日四月初十，阳历生日是五月二十五日，身份证是……嗯……五月十二日……

小懒：佩服你，居然一个都不对。

木木：你少诈我，至少有两个正确。你农历生日肯定是对的。

小懒：谢谢，我农历生日是四月初七。

木木（毋庸置疑）：你错了，初十！

每次过生日都要反复提醒！小懒坏脾气突然爆发！狠狠地吼上一句"你自己去吧，我走了"便朝着相反的方向走去。这或许是情侣吵架中女生最常用也最有效的一招，女生生气转身便走，男生见状就会低低拽住女生的衣袖率先认错，哄得女生开心和好如初，当然也有继续争吵，或者请她有话好好说只是不要走……可是这招，对于木木，并不适用。

五米，十米，二十米……

小懒没有等到以上列出的自己想要的结果，等到终于按捺不住回头看的时候，木木已经拐过了路口的转角，很快消失在人群中。

小懒，就这样被"遗弃"了。看了下时间，晚上八点。好吧，是你先把我丢下的，必须让你后悔曾经这样做过，不然小懒以后太没地位了……这样想着，小懒到了公交车站附近，坐上公交车，去附近的几个商场转悠。等到十点十五分的时候，商场陆续关门，看看手机……没有一个电话打进来，木木一定以为小懒一会儿就自己回家了（他每次都是这么认为的）。可是如果回去……他肯定更加觉得自己没有错。所以！为了教育木木，帮他开展自我批评教育，小懒决定说什么都不能回家。

十点三十四分，木木终于打来第一个电话。

十点四十分，第二个。

十点四十五分，第三个。

小懒想在木木打到第四个电话的时候再接。可是这下一直到十一点的时候木木都没有打过来。时间不断流逝，小懒的心彻底凉了。这就是每日里信誓旦旦诉说着如何爱你的人！全都是骗人的！但天这么晚，商场、服装店……都在陆陆续续地打烊，如果继续在大街上闲逛，搞不好真的会遇到坏人出什么危险……想了想，小懒决定先坐车到楼下。在楼附近转了一圈后，小懒坐在小区的长椅上消磨时光。

手机再没有响过。小懒打算如果十一点半的时候依然没有接到他的电话就去住旅馆……然后……和木木分居……接着……

就在小懒愤愤地思考的时候，身边突然坐了一个人。那人坐下后也不说话，而是从口袋里掏出手机，开始玩手机里的"疯狂赛车游戏"。

小懒：你打算玩多久？

木木：你打算多久向我认错？不用内疚，只要你认错，我马上原谅你。

小懒：……

木木：你看，你就是这样的人，连自己生日都记不清楚，还怪我。

小懒（秀才遇见兵有理说不清楚）：好。我不跟你说这些。下一个问题，你为什么丢下我，自己一个人走？

木木：是你遗弃我吧？你看，本来咱俩朝前面走对吧？结果呢，你转过身朝着相反的方向就走了，把我一个人遗弃在本该两个人继续朝前走的路上。

小懒：我很快就转身了，结果发现你根本没有等我，直接走了。

木木：谁叫你不按常理出牌！

小懒：什么？

木木：我在前面等你啊，不是说好去超市吗？你要想找我，我就在那里啊。

小懒：还有这么晚了你都不找我，你就一点都不担心我被坏人掳走吗？

木木：我打过了，可是你不接……

小懒（不耐烦地打断）：其实，我真的挺伤心的。你根本不在乎我，不关心我。我甚至在怀疑，我们真的像旁人以为的那样幸福吗？何必这么虚伪呢？你根本不知道我内心的真实想法，既然彼此都不了解，我们在一起又有什么意义呢？

木木：你不要上升到这么高的高度好吗？

小懒：根本就是这样的，你少在我面前装蒜了！

木木：小懒，如果你刚才说的那么多话换作是我说的，你肯定早就疯了！

小懒（好像是这么一回事）：所以呢？

木木：我打你电话不接，以为你出了什么事情。就从咱家走路到超市，一遍没找着，又走了一遍，以为你就在附近，生我的气才不接电话。结果还是没有，我只好去附近的服装店、商场找你……所以，看在我走了这么多路的分上，你能好好跟我回家吗？

小懒（有些不忍，有些惭愧）：木木，我……

木木：你要觉得实在不解气，咱们重返吵架现场，把刚才的事情当演电影一样重新演一遍，我保证你想听我说什么，想让我做什么，我全都满足，好吗？

小懒（愧疚）：呜呜呜呜呜呜呜，木木，我不应该这么欺负你，我错了！

2007年1月23日 ☑

小懒买了两斤核桃，下班后在沙发上磕皮吃，吃得只剩下三个特别厚、用什么都弄不开的，扔在了袋子里，去厨房做饭。

木木下班回到家打开电视看足球，小懒则勤奋地在厨房做饭。突然听到砰的一声，小懒急忙把炒好的菜放到盘子里，赶过去看。

小懒：木木，发生了什么事情？

木木（佯装镇定）：没有啊，没什么事。

小懒：哦？好吧，那你收拾下茶几，开饭了。

木木：好的。嗯，对了，小懒啊，家里有什么干果吗？

小懒：有核……（急忙停住）嗯，今天没买。你想吃什么，我明天买给你。

木木：不是，你下次买的话，能给我多剩点吗？

小懒：这……好吧。其实（语无伦次地解释）那个核桃确实挺好吃，皮薄的都被我吃了。忘记给你留了。下次给你买好的。

木木：其实我不吃，或者少吃都没有关系。或者你下次全部吃完，或者给我留得多一些也成，就是别像现在这样留下三个这么难搞定的核桃。

小懒：你到底怎么了，说话怎么吞吞吐吐的。

木木（下定决心般）：我刚才看到垃圾桶里都是核桃皮，突然间就很想吃。但是你剩下的三个核桃皮太厚了，我弄了半天也弄不破。后来就想了个主意，把核桃放在门角上，使劲一关门……

小懒：结果你砸开了，吃了觉得不过瘾？

木木：要是这样还好了。我用门挤核桃把门的合页搞掉了，今天晚上我们卧室的门关不上了……

小懒：我以后一定不吃独食了。我一定给你留多些！以后别用破坏家里财物这么委婉的方式提醒我。

木木：……

| 2007年2月5日 | ☑

木木非常热爱自己的家乡。或许是海南离北京太过遥远，所以思乡之情也格外浓重。木木会每天雷打不动地坐在电视机前收看《海南新闻》，会定期参加学校海南老乡的聚会，会在想家的时候对小懒说叽里呱啦的海南话，这些，小懒都可以容忍，但是——

木木：小懒，我后背好痒哦，你帮我挠挠。

小懒：好的。（把手伸进木木的上衣里面）是这里吗？

木木：不是。海口那里！

小懒：啊？什么？

木木：沿着海口，往文昌的方向挪一点。

小懒（没好气）：我哪里知道海口在什么位置！

木木：好吧好吧。那就东方、琼海、三亚这三个地方抓得力气重些！

小懒：……

| 2007年2月12日 | ☑

新年在小懒家乡度过。作为一个南方人，这是木木第一次在北方过年。小懒在木木的家乡过年时不到一个月瘦了十几斤，而木木在小懒家乡过年——也同样有了吃不饱饭的经历。

早饭是木木来小懒家吃的第一顿饭。小懒家人早上吃得不多，基本一人一碗稀粥，外加其他诸如油条、馒头等面食。小懒妈妈也不喜欢浪费，所以每次会根据人数做好饭量。

早上小懒起床时，看到很丰盛的早点，有稀饭、油条、豆浆、咸菜……摆了满满一桌子。于是招呼大家吃饭。

木木：这个玉米粥很好吃！（无视旁边的油条等其他早点，径直朝盛放玉米粥的盆走去）小懒，玉米粥去哪里盛啊？

小懒妈妈（操着蹩脚的普通话，尴尬而紧张）：呃，木木啊，我们这里每个人只吃一碗的。

木木（诧异）：啊……这样。

小懒妈妈：你没吃饱吗？要不然，我再去给你做。

木木：不用了，谢谢妈妈。我饱了，就是觉得很好吃想再吃些。

中午吃大餐，小懒妈妈做得格外的丰盛，鸡鸭鱼肉，其他海鲜……应有尽有。大家吃得很开心。只有木木一个人闷闷不乐。或许想家了吧，小懒这么想着，觉得对木木好愧疚，嗯，这两天一定不欺负木木，对他百依百顺，关心他。可是，小懒发现，在接下来的两天时间里，木木一直不开心，吃得也很少。

小懒（温柔）：木木，你这几天到底怎么啦？老是闷闷不乐的。

木木：我（欲言又止）……

小懒：到底什么事情不开心？

木木：好吧，那就实话实说。我就是想问问，为什么你们家每顿饭只能吃一碗？我根本吃不饱！

小懒：啊？

木木：妈妈说的啊，说你们每个人只能吃一碗饭！这两天我都饿死了，又不好意思说。

小懒：……

第十章

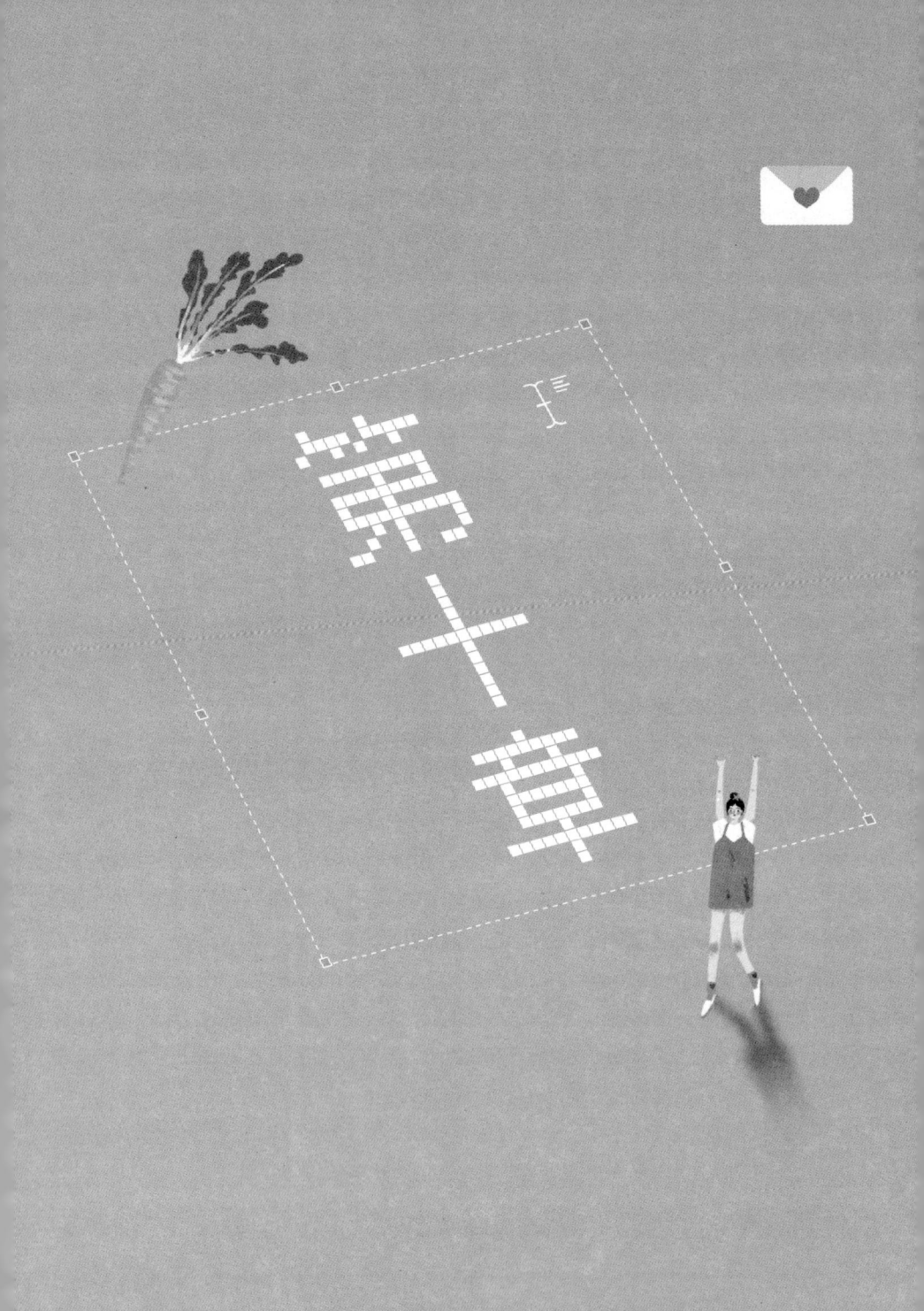

| 2007年2月17日 | ☑

在把木木的"每顿饭只能吃一碗"的事情告诉妈妈后,妈妈对饮食方面格外注意,生怕再次委屈了自己的女婿木木。但即便如此,木木还是没有度过一个愉快的除夕夜。

木木家很少吃面食,所以不论过节还是平常日子,全部吃米饭配以肉食、蔬菜。而小懒的家乡则不同,除夕中午吃大餐,饺子是除夕夜不可或缺的年夜饭,摆上两碟酱油蒜,便是世间的至上美味,而不再准备其他的菜。

木木在看到全家高高兴兴一起包饺子时,觉得很稀奇。等到热气腾腾的饺子出了锅,大家开吃的时候——

小懒妈妈:木木,饺子好吃吗?还吃得习惯吗?

木木(满口夸赞地拍马屁):嗯,好吃。馅很多!

小懒妈妈:这除夕夜的饺子,还有很多说道的。要包成元宝的形状,象征着财源广进。

木木:哦,这样啊,明白了。

小懒:木木,你今天吃得好少啊,不合口味吗?

木木(急忙摇头):没有没有,很好吃,我中午吃得太饱了。

木木似乎在寻找什么,等到小懒、小懒的哥哥、嫂子吃完饭,跑去客厅看春节联欢晚会时,他依然坐在餐桌旁边,拨拉着碗没有离席。爸爸、妈妈感觉很奇怪，他们不能丢下木木自己离开餐桌，便很有耐心地在一旁等。

十分钟过去了。

二十分钟过去了。

三十分钟过去了。

等到小懒招呼木木看电视时，发现爸爸妈妈依然和木木坐在餐桌边。因为木木没有离席，作为主人的他们虽然吃完了，也只好继续没话找话地跟他聊天。

小懒：木木，你怎么吃得这么慢啊，还没吃完吗？

木木（抬头看小懒，见到救星般）：呃，小懒啊，（偷偷拽下小懒的衣袖，声音压得低低的）主食都上了这么半天了，啥时候上菜啊？

小懒妈妈（尴尬地搓手）：什么？他是说饺子不好吃吗？

木木：不是，妈妈，饺子很好吃。我是想问为什么主食上了这么半天，菜却一直没端上来？

小懒：我们除夕晚上只吃饺子，没有菜。

木木：可是今天是除夕啊，这么好的日子居然只给主食，不给菜吃？

小懒：……

| 2007年3月4日 | ☑

看张小娴的《每天摸你多一些》，里面提到男人对女人最温柔的抚摸是："抚摸她的一张脸、她的头发、她的五官。一双聪明的手，能够摸到这个女人到底爱不爱你。你摸她时，她是否皮肤绷紧，强颜欢笑？还是她的皮肤都放松，沐浴在你指间的温柔里。一双深情的手，能够摸到女人脸上的悲伤，能够在黑暗中摸到她的泪水。身体的抚摸，或多或少，总带有情欲；脸的抚摸，却是天真而情深的。"

小懒一边看一边点头。嘴里喃喃道"等木木下班回来一定要试试"。

晚上吃过饭。

小懒：木木，摸……呃，不是，你坐过来。

木木（听话地坐在小懒的身边）：什么事？

小懒：你摸摸我的脸。

木木：干吗？

小懒：你摸摸咯。

木木：好吧。（伸出吃完苹果的湿乎乎的手，在小懒脸上抹了两圈）摸完了。

小懒：你摸到了什么？

木木：摸到了你的死鱼眼睛。

小懒（被侮辱）：还有呢？

木木：还有一些……小雀斑。

小懒（不甘心）：别的呢？就没有摸到别的什么吗？

木木（思索着）：啊，有，我还摸到了你的瓜子牙！

小懒：……呃，不是，我是说，你能不能别盯着我这些小毛病，你能说点儿好听的吗？

木木（为难）：好听的啊？我知道了。小懒，你的死鱼眼睛好大啊，你的雀斑和瓜子牙都好漂亮哦！

小懒：……

| 2007年3月16日 | ☑

同木木逛商场。小懒看中了一件草绿色的风衣，便叫店员取下来试穿。小懒美滋滋地穿在身上，在镜子面前摆出各种姿势让木木评价。

店员：小姐身材真好，这件衣服简直就是为您设计的。

木木（撇撇嘴）：太难看了，赶紧换下来。

小懒：有那么难看吗？

木木：当然了，你腰上的肉比较多，绷得太紧，难看死了。

店员：哈哈，没有那么夸张了。

小懒（在众人面前这么说自己，气极）：你……你给我起开！

木木：起开就起开。

木木转头就出了商场，很快消失在小懒的视线里。

气冲冲的小懒在商场里继续闲逛了半个小时，没有什么心情，然后也回家了，那时木木正在家里看电视。

同木木在街头散步。临出门前，小懒有意无意地说"我带了家里的钥匙，你不用带了"。木木说"好的"，把自己那把沉甸甸的钥匙扔在了沙发上。

小懒：突然好想吃鸡腿啊，我们去前面的烧烤店买鸡腿吧。

木木（不满）：你跟我在一起都胖了多少斤了，还天天吃鸡腿，省省吧。

小懒（居然这样挑剔自己的身材，气极）：你……你给我消失！

木木：消失就消失。

木木大步转身独自离开，很快消失在小懒的视线里。

气冲冲的小懒在街上继续闲逛了半个小时，没有什么心情，然后回家了。打开门才想起，木木没带钥匙，小懒在附近小区转了一圈，把在街边看人下象棋的木木拎回家。

同木木去烧烤店吃肉串，坐了将近半个多小时的公交车，因为那家烧烤店最为正宗。临出门前，小懒有意无意地说"我带了钥匙和钱包，你什么都不用管了"。木木说"好的"，把自己那把沉甸甸的钥匙和厚厚的钱包扔在了沙发上。

木木：哈哈，清炒油菜！蒜蓉茼蒿，再来一份上汤娃娃菜！

小懒：你出家啊你！服务员，给我来一份孜然羊肉，六个鸡翅，不加辣。一份糖醋排骨。

木木：你干吗，这么晚了，吃点素的吧，不然又要长肉了。

小懒：我乐意，要你管。不想吃你可以走啊。

木木：……

小懒：你以前不是很有骨气吗？你不是说走就走吗？

木木：好嘛好嘛，那就吃肉好了，不过最好也荤素搭配下嘛，油菜就不要去掉了。

小懒：你说，上次我们逛商场你说我腰上肉多是不是你错了？嗯？

木木：呃，我……

小懒（更来劲）：上次散步你说我跟你在一起都胖了很多斤，是不是你错了？嗯？

木木：……

小懒：我让你走，你不是挺能走的吗？今天怎么不动了？

木木：有本事你把钱包和钥匙给我！

小懒：你有本事自己走啊。

木木（癫狂）：有本事你把钱包和钥匙给我！

俗语有云：想要抓住男人的心，必须先抓住男人的胃。

小懒总结：要是你不会下厨，抓不到男人的胃，那么你一定要抓住男人的钱包。如果你想彻底地抓住男人，不但要抓住男人的钱包，还要抓住男人手里的钥匙。

2007年3月21日 ☑

木木最近下班很晚，因为公司开展了一个全新的项目，压力非常大。木木在吃过晚饭、洗漱之后便疲惫地睡去，和小懒的交流局限在"还要再吃一碗吗""明天要不要换衣服""闹钟给你调到几点"这几句话上。除此之外，再没有别的交流。

小懒觉得这是一件非常可怕的事情，因为如果夫妻之间没有足够的时间和机会进行交流，是很影响感情的。于是，小懒开始没话找话地同木木聊天，但是收效甚微。

小懒：木木，今天公司有什么好玩的事情吗？

木木：没有。

小懒：那中午和谁吃的饭？和同事聊些什么？

木木：快餐，没聊什么。

小懒：那……

木木：呼呼呼呼……（轻微的小呼噜打起来，木木进入深深的梦乡。）

小懒：唉……

小懒只好改变策略，由聊天变成请木木每天睡觉前给自己讲一个故事。

木木：哎呀我不会讲了，每天上班都累死了，哪里有时间给你讲故事。

小懒：你随便讲嘛。这样能开发你的思维，缓解紧张情绪，我听了你的故事心情又好，大家都可以很快地进入梦乡。这是多好的事情，讲嘛。

木木：烦死人了，我想想。呃，从前有一个小女孩，皮肤很白，但是如果仔细看，会发现脸上有小雀斑；她的睫毛很长，但是起火被烧短了，后来就长不长了；她的牙齿很白，但是因为喜欢吃瓜子变成了瓜子牙；她很无聊，经常欺负自己的老公，在老公最累的时候还逼着老公给她讲故事，讲不完就不给睡觉……

小懒：……

| 2007年4月4日 | ☑

小懒在街上走的时候，被一个仙风道骨的白发老人拦住了去路。老人家说"这位姑娘天庭饱满，气质不凡，有旺夫运，一看就是贵人之相"。他拦住小懒要求继续算下去，不过要给一百块钱。

小懒想了想还是离开了。回到家同木木讲这件事——

小懒：木木，今天有个仙风道骨的人夸我是贵人之相哎！还说我有旺夫运！

木木：贵人？

小懒：对啊，还说我气质不凡。哈哈，你说街上那么多人，他为什么单独找我说呢。

木木：肯定是个骗子。他是不是后来管你要钱了？

小懒：说这些话的时候没要钱，但是要想听后面的，就得交钱了。

木木：我就说是个骗子。别想了，这种鬼把戏我见得多了去了。

小懒：可是，人家夸我是贵人哎！

木木：我不知道你是不是贵人，但我知道你绝对不便宜。

小懒：……

| 2007年4月22日 | ☑

　　木木上学时最好的兄弟小奋找到工作啦，大家组织了聚会为他庆祝。木木和小奋在彼此单身时，是特别好的兄弟，除了上班时间，几乎时时刻刻鬼混在一起。但自从和小懒交往后，木木便抛弃了他。

木木：小奋，这是小懒，我老婆。

小奋：大嫂好！我是木木患难与共、同甘共苦的好兄弟。

小懒：你好，常听木木说起你。

小奋（照着木木的胳膊狠狠拧了下）：以前一起看月亮的时候，你叫我小奋奋，现在新人胜旧人了，你叫人家小奋！

小懒：……

　　为了让木木和朋友更加无拘无束地聚会，小懒简单和大家见面后，就自己一个人坐车回家。

　　第二天，木木到公司加班，把手机丢在了家里。小懒想测试下小奋和木木同学"患难与共"的友谊，于是给小奋打电话。

小懒：小奋，我是小懒啊。木木手机我打不通，他说今天同你踢球去了。你帮我叫下他好吗？

小奋：啊？啊！踢足球？对，没错，那个，他去卫生间了，你稍微等会儿啊。等他回来我就告诉他。

小懒：好的。

电话刚放下，木木的手机来电，正是小奋打过来通风报信的。见没人接听，小奋又给木木发了条短信。

"你老婆找你呢，她说你跟她说咱俩在一起踢球，我已经帮你圆谎说咱俩的确在一起踢球呢。你赶紧给她回个电话，千万别穿帮。——小奋。"

小懒拿起木木手机打给小奋，还没来得及说话——

小奋：木木，哎哟，你终于接电话了，赶紧给你老婆打电话……

小懒（突然打断）：我是木木老婆，打电话要对我说什么？

小奋：……

2007年5月5日 ☑

加了高中同学的QQ群。小懒看到大家兴高采烈地问着各自毕业后的情况，结婚的同学则在交流什么时候要小孩。

A女：最近一两年就会要小孩。为老公生个小孩，他肯定爱死你了。女人冒着身材变形甚至迅速变老的危险，为恋人生小孩，这是多么伟大的爱。

B男：拉倒吧，我们才不这么认为。我经常对我媳妇说，趁早把生孩子的心断了，别给我添乱，我还没玩够呢。

……

小懒听得心有所动，于是回家问木木——

小懒：木木，你想要小孩子吗？

木木：啊，（紧张）难道你怀孕了？

小懒：不是，我就是想问问，关于孩子这个问题，你是怎么想的。你觉得女的是不是特伟大？

木木：还好吧。

小懒：那如果我为你生小孩，你会觉得伟大吗？

木木：伟大……哎，我可跟你说，如果将来生了小孩，你可不能把所有精力放在小孩身上。你对他的爱不能超过对我的爱。

小懒：好好好，不爱，不爱。

木木（自相矛盾）：可是我的孩子，你凭什么不爱啊？

小懒：我看……孩子的计划，还是过几年再说。我得先把你养大了才行。

小懒心得：每个女人在结婚后，发现自己多了一个丈夫的同时，也多了一个儿子。

2007年5月21日

小懒准备洗澡的时候，来了一个电话。看到木木拿起听筒，小懒就放心地进了浴室。

从浴室里出来，看到木木还在开心地拿着话筒和对方聊天。小懒也没介意，继续去洗手间洗衣服。等到二十分钟后洗完衣服出来，木木还在乐此不疲地抱着电话聊着。

小懒想知道到底是谁跟木木有这么多话题聊，就悄悄站在木木身后——

木木：我也喜欢看《猫和老鼠》，哈哈，那只大傻猫。

对方：%^&&**(*^……

木木：你给我留了？等我回去找你拿。是，我对你那么好，你能不对我好吗？

对方：￥#(*&……

木木：嗯，我也喜欢关心人的女生……

对方：@#*&……%%##……

木木：毛寸不适合我，不好看。你也觉得我适合现在的发型？咱俩真是有着一样的喜好。

对方：&^*%$#&……

木木：那就按照你喜欢的来了。

小懒（实在忍不住了）：木木，你到底跟谁打情骂俏呢？（抢过听筒）你吃了豹子胆你，你个狐狸精！

　　对方：舅妈你洗衣服回来了？我是洋洋啊（木木姐姐五岁的小儿子），过年回来给我带好吃的。我要看《奥特曼》还有《猫和老鼠》！记得给我买全集！

　　小懒：……

| 2007年6月1日 | ☑

　　木木的爸爸妈妈来北京和我们小住。小懒终于发现了木木的健忘原来是遗传。

　　木木带着父母去逛故宫，小懒一个人留在家中赶稿子。刚关好门——

　　叮咚！

　　小懒（打开门）：啊，老爸，怎么啦？

　　木木爸爸：公交车卡忘在家里了。

　　说完转过身回房间从茶几上拿了公交卡出门，小懒送走了木木爸爸接着锁好门。

　　不到五分钟，再次听到门铃响。

　　小懒（打开门）：啊，老妈，怎么啦？

　　木木妈妈：没事，我早上起来忘记吃感冒药了。

　　说完转过身回房间拿过茶几上的药，拿起水杯吃了药。小懒送走了木木妈妈，接着锁好门。

　　不到五分钟，再次听到门铃响。

　　小懒（打开门）：木木，你忘记什么了？

　　木木：呃……钱包忘记带了。

　　小懒：哦，你要不要给爸爸妈妈打个电话，问问还忘记什么了一起拿。跑上跑下的，都三趟了，怪累的。

　　木木：……

| 2007年6月6日 | ☑

　　木木上大学后第一次和爸爸妈妈过生日,大家开开心心地围坐在一起,边吃边聊,很是尽兴。可能是喝了点酒的缘故,感觉木木晕乎乎的。

　　木木(痛苦):老妈,你都不知道我上学的时候,因为你们的名字我有多么难过……

　　小懒:木木,你喝多了吧,不要乱讲。

　　木木(不管不顾):老妈,我憋在心里好久了,表妹(木木七姨妈的女儿)也知道,她跟我在一个班,每次登记学生资料,写父母名字时,我们俩都特别伤心。

　　木木妈妈(操着蹩脚的普通话):为什么?

　　小懒:没有呢妈妈,呃,他喝多了,你不要理他。

　　木木(愤愤的):才没有!都怪外公,胡乱给你们起名字,搞得我在小学一直抬不起头。

　　木木爸爸:木木,你……

　　木木:自从有一次我们班的调皮大王看到我和表妹的资料后,就在全班里喊开了。就因为妈妈和姨妈的名字,我和表妹天天被人笑话。

　　小懒:木木,老妈……到底叫什么名字,你们被大家笑话?

　　木木:老妈叫冯五妹。

　　小懒:嗯,七姨妈呢?

　　木木:冯七妹。

　　小懒:外婆生了几个小孩啊?

　　木木:七个,一个男孩六个女孩。

　　小懒:那……其他姨妈的名字是?

　　木木:冯大妹、冯二妹、冯三妹、冯四妹,是大姨妈、二姨妈、三姨妈、四姨妈的名字;然后是妈妈冯五妹;舅舅是老六,家族的男孩里排第九。然后就是七姨妈。而且身份证上都是这么写的,你知道吗?

　　小懒:呃,舅舅的名字总要好听些吧?舅舅叫什么?

木木：冯红九（红酒）。
小懒：我要感谢爸爸给你起的现在这个名字。
木木：希望我们将来有了小孩，不要起名叫林海雪原。
小懒：如果跟我姓，不叫苏宁电器就行。
木木：你想得美！
木木爸爸 & 木木妈妈：……

2007年6月19日 ☑

小懒和木木吵架的时候会骂人。小懒最常说的句式是"你……你全身上下……你全家都……"；木木最常说的句式是"你上辈子……你下辈子……你世世代代都……"。

看电视的时候，木木、小懒、木木的爸爸妈妈坐在一起看电视。看了没多久，小懒和木木因为意见不合吵了起来。

木木：你上辈子傻蛋，你下辈子傻蛋，你世世代代都是傻蛋！
小懒：你白痴，你全身上下都白痴，你全家……（猛然闭上嘴巴）
木木（看看爸爸妈妈，挑衅）：有本事你倒是把后面的说完啊！
小懒：……

2007年7月3日 ☑

木木的嘴巴，因为自己爸爸妈妈的到来突然变得锋利起来。

关于失眠的问题——
小懒：木木，我最近吃了减肥药，几乎没有食欲，没怎么吃东西，减了三斤了。
木木：不错啊，你要再接再厉，争取减到刚和我在一起时的体重。

小懒：可是，我老是失眠，睡不着，不知道是不是药物的问题。

木木：那就别吃药了，对身体不好。你少吃肉就肯定可以减肥。

小懒：药是一定要吃的，不然坚持不下来。不过，我听同事说，减肥时一定要吃饭，如果不吃，会导致身体的神经系统紊乱，造成严重失眠。所以，我才睡不着的吧？看来，我还是得多吃饭。

木木：这个借口找得真好，你不想减肥就算了呗。

小懒：……

关于睡觉不踏实的问题——

小懒：木木，你昨天半夜做什么去了？

木木：哦，闹肚子去厕所了。

小懒：哦，我说呢。（深情）我半夜突然醒来，看到你不在身边，睡得很不踏实。

木木：拉倒吧，我上完厕所回来，发现你睡得跟死猪似的。

小懒：……

小懒看了一部超感人的电视连续剧，男主角最终因为种种原因，无法和女主角在一起。回忆起他们在一起的每个片段、细节，女主角一个人在空旷的广场上泣不成声。

小懒（陷入剧情，哭得红肿了双眼）：呜呜呜呜呜，为什么不在一起呢，原谅他吧，回去找他啊。错过了，或许就再也找不到了！

木木（下班回来）：小懒，我回来了！

小懒（眨巴着泪眼）：呜呜呜，真好，我还有木木！

木木：哎，老婆，你怎么啦？

小懒：木木，呜呜呜，木木，你爱我吗？

木木（倒退两步，迟疑着）：你……呃，又买了很多衣服吗？

| 2007年7月28日 | ☑

还是电话的问题。

小懒趴在床上看电视,电话响的时候,离得比较近的木木拿起话筒。

木木:啊,是您啊!吃饭了吗?

对方:……%￥&&￥￥%&。

木木:我们也刚吃过,看电视呢。您最近忙吗?

对方:%……￥&*&%&*￥%#。

木木:没怎么下雨,挺干燥的。院子里的菜能吃了吧?上次去还挺小呢,刚发芽。

对方:……%￥%￥%&。

木木:也没怎么出去,吃过晚饭会偶尔散散步。您呢?

对方:&%(&*……%……

东扯西扯聊了大概半个小时,小懒在一边越听越糊涂,木木口里的"您"到底是哪位啊?没见着他跟谁这么客气、彬彬有礼啊。

木木(看看表):呀,时间不早了,您要和小懒聊聊吗?好的,叔叔您稍等,我这就把电话给她。

——叔叔?到底是谁啊?

小懒(疑惑地接过电话):你好。

对方:小懒,你瞧你给我找的傻女婿,你们都结婚多久了?到现在都没彻底改口,还叫我叔叔呢!

小懒:啊,爸,敢情您和他一直聊天来着,聊那么久。

小懒爸爸:我看他一直没有挂电话的意思,就一直聊,还挺投机的。就是最后一句"叔叔"一下子把我叫蒙了。

小懒:唉,爸,您别怪他,难得见一次面,让他慢慢习惯。

小懒爸爸:这已经不是第一次了,你们刚结婚那阵,他就老叫我叔叔,现在还改不过来。我能不生气吗?

木木(恍然大悟,抢过电话):爸爸,我刚才叫错了,您别怪我。真的,叔叔，我不是故意的！

小懒爸爸：……

| 2007年8月13日 | ☑

　　木木一家人吃菠萝喜欢在盐水中浸泡，而且要求小懒也这么做。理由是"菠萝中含有甙类、5-羟色胺等物质，对皮肤、口腔黏膜刺激很大"，加上小懒每次都是一个人搞定一个三斤多的菠萝，不懂得节制，经常吃得口腔溃疡，嘴唇开裂。而在盐水中浸泡过的菠萝"可以去除过敏性物质，还会使菠萝味道变得更加甜美"。

　　但是——真正爱吃菠萝的人应该明白，放了盐的菠萝和新鲜的、削好的、直接送到嘴巴里的，完全不是一个感觉啊。那味道，简直一个天上，一个地下！所以，小懒的原则是，宁可口腔溃疡，嘴唇开裂，只要有菠萝吃，全都认了！过完了嘴瘾，解完了馋再说吧！所以，在这点上，木木和小懒经常有分歧，但木木根本就说服不了小懒，只得作罢。

　　这天，小懒和木木出去买水果。

　　木木：小懒，我就是你的钱包，你别带了。手机也扔家里吧，买完咱就回来。

　　小懒：难得你这么殷勤和主动，那我就满足你这个心愿好了。

　　到了水果摊儿，小懒开始挑选水果。

　　木木：小懒你先挑哦，我去隔壁音像店看下碟。

　　小懒：知道了。（对摊主）那个大个的菠萝给我秤下，还有这边的小栊果，给我来二斤……

　　十分钟后。

　　摊主（递过栊果和削好的菠萝）：小姐，您的菠萝一共六块三毛钱，栊果是十二块，您一共给十八块好了。

　　小懒（习惯性地掏钱包）：啊？忘带了。（对着店主）你稍等哦，（扯开嗓门喊着）木木，木木，快点出来给我结账。

　　好半天都没有动静。小懒只好放下水果，去音像店找木木，可是转了两圈也没找到人。小懒无奈,只好回到水果摊这边。

小懒(背对水果摊,面对人来人往的人群):木木,你给我出来!我买完水果了!

木木(不知道躲在哪里,幽幽地只听其声不见其人):你先答应我一个条件,我就出来!

摊主:……

小懒:好,你说吧!

木木(高呼):回家后用盐水泡过之后才准吃菠萝!

小懒:我不干,那样不好吃。

木木:那我先回家了啊,你自己买吧!

小懒顺着声音走到对面的货车旁边,结果看到木木正弯着腰冲小懒喊话,见小懒走过来,他一个健步跳开,闪身躲到另外一辆汽车旁边。

小懒(气急败坏):你赶紧过来给我付钱!

木木:你不答应我就不出来!

摊主(哭笑不得):小姐,这水果您还要吗?

小懒(抱歉):要。您稍等,我……呃,稍等我解决一件家事。(语气温柔)好,你说泡盐水就泡盐水,同意啦,快点过来。

木木:真的,不骗我?

小懒(语气更加温柔):当然不骗了,快点过来吧。

木木:哈哈,好啊,我来了。(蹦蹦跳跳地到了小懒面前,掏出一张一百块给摊主)给您钱。

小懒(迅雷不及掩耳之势抢过菠萝):老板,他给你钱了啊,(快速往家跑)木木你等着找钱吧,我回家吃菠萝了!我一点儿也不想放盐。

木木:……

| 2007年8月30日 | ☑

最近天气好热,每天出去都被晒得通红通红的。为了保护皮肤,除了每天用防晒霜，偶尔小懒也会在晚上做面膜。

木木：哇，小懒，你的皮肤看上去好像确实不错哦！

小懒：那是！女人，要对自己下手狠一点。

木木：可是我最近也被晒晕了，唉。

小懒：要不，我把我的面膜给你用下？

木木：不好吧，那可是女士的，再说了，我是男人，用什么面膜。

小懒：说的也是，不过我确实舍不得。

木木（感动）：没事，老婆，不用心疼。男人晒得越黑越有阳刚之气！

小懒：不是，我不是心疼你。你晒成这样，我确实有心给你做个面膜，但——你的脸这么大，得用掉我多少面膜啊，太浪费了，舍不得呀。

木木：……

第十一章

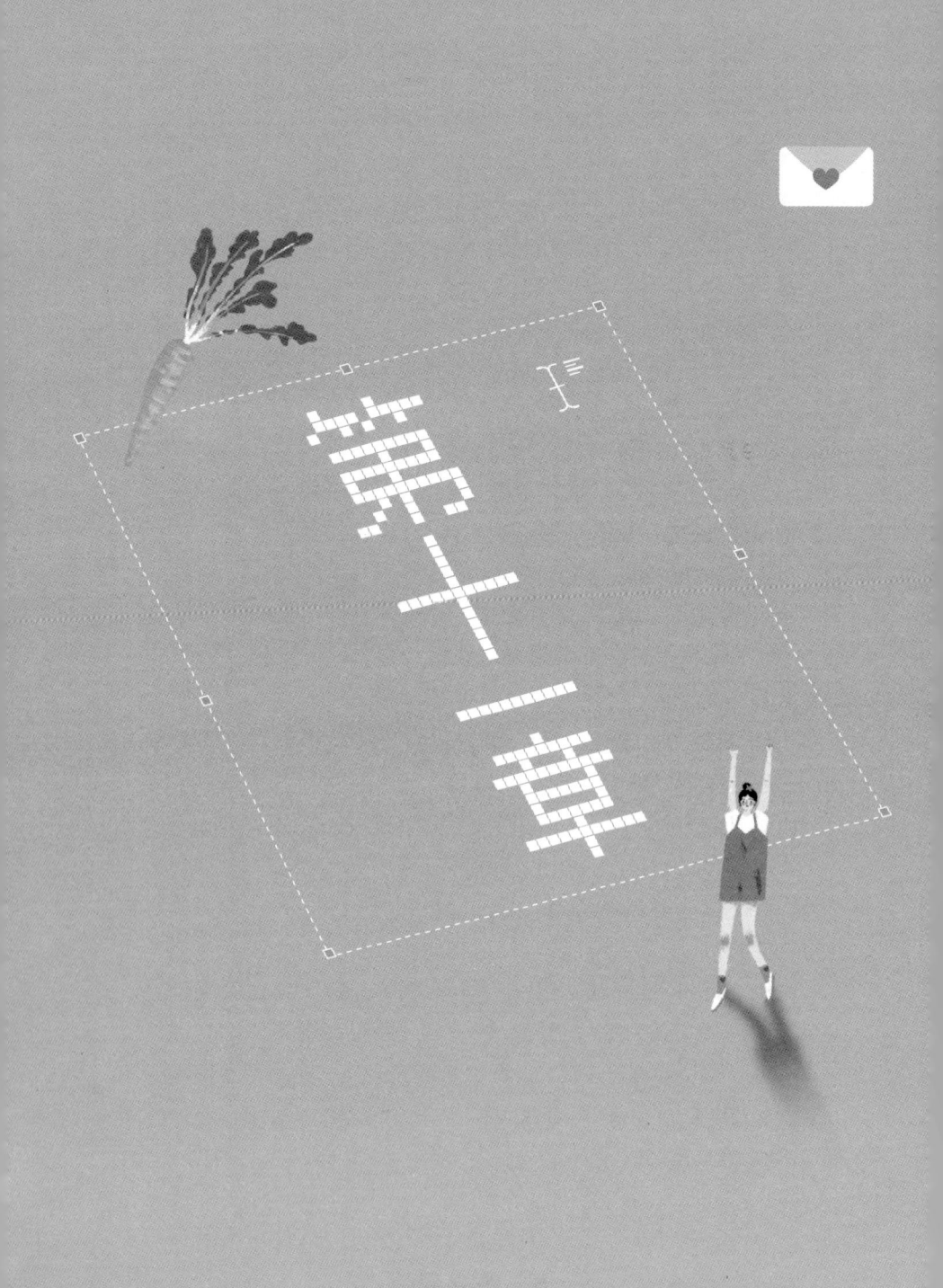

| 2007 年 9 月 5 日 | ☑

送木木的爸爸妈妈去火车站回老家,回来的时候小懒一番感慨。

小懒:我觉得妈妈好辛苦,真不容易。

木木:是啊,妈妈每天给我们做饭,天天变着花样给我们做好吃的。

小懒:呃,是这样没错了。但我现在说的辛苦,指的是另外一件事。

木木:哪件啊?

小懒:我是在想,爸爸的呼噜声好大,每天晚上关好房间的门,都能听到他震天响的呼噜声,我要折腾好久才能睡着。可是妈妈呢?她一定睡得不好。

木木:老爸呼噜声大是大,可是不影响睡眠啊,反正我很快就睡着了。

小懒(鄙夷):是,你没心没肺,倒床上不出三分钟就睡着了,谁能跟你比啊。不过还好,这点你没有遗传爸爸。苦的是妈妈,跟爸爸一辈子,天天在如雷的鼾声中入睡。

木木:那没准我爸妈老夫老妻的,早就习惯了,说不定老爸不打呼噜,她还睡不着呢。你没看到很多作家写文章,说这才是伟大的爱嘛。

小懒:你以为你在写"心灵鸡汤"美文啊?那些是作家为了赚稿费骗小女生的。人要现实一点。反正现在我觉得,关于幸福应该重新定义。

木木:怎么定义?

小懒：找一个睡觉不打呼噜的老公——是世界上的女生们，最为幸福和最庆幸的事情。

木木：……

| 2007年9月14日 | ☑

又到了每周一次的情景喜剧时间（木木：你给我消失，才不是每周一次，只要想起来，你天天逼着我跟你演）。

今天情景喜剧的名字是——《公交车上的搭讪》。

小懒：你今天扮演的是一个帅气的男生。

木木（自恋）：我本身就很帅啊。

小懒：这不是重点！我先跟你说剧情。你走在路上，发现迎面走来一个超级大美女，你对她一见钟情。于是，你上去主动搭讪，并向她表白爱意。

木木：哦，好的，我知道了。（马上入戏，拍下小懒的肩）嗨，这个小哥，有没有看到一个超级大美女？

小懒（暴怒，照着木木屁股踢一脚）：什么叫"这个小哥"？有你这么称呼的吗？什么叫"有没有看到一个超级大美女"？我是干什么的？

木木（委屈）：那我应该怎么称呼？再说了，你又没有跟我说你扮演的是谁。

小懒：废话，就咱俩，两个人物，你说我演谁？

木木：好啦，别生气了。我知道了。（笑容满面）嗨，美女，今天晚上我们一起吃饭吧。

小懒：我又不认识你，凭什么要跟你一起吃饭？

木木（伸手托住小懒的下巴，猥琐地笑）：不认识，就不可以吃饭吗？

小懒（挣脱开木木放在自己下巴上的手）：你以为你是谁？（感觉好像木木哪里演得不对劲）

木木（双手突然胡乱揉搓小懒的脸）：你说，到底跟不跟我一起吃饭？

小懒：你跟女生第一次见面就这么粗鲁吗？

木木：哦，你早说嘛，温柔一点的我也会啊。嗨，美女，（俯过身，温柔地从后面抱住小懒）跟我一起吃饭吧，好吗（泪光闪闪）？

小懒：你完全没有弄明白剧情，我们今天是第一次见面，第一次，你明白？

木木：就算你是编剧和导演，演员也可以有自己的发挥吧？

小懒：可是，你这样完全不符合实际生活……

木木（不耐烦）：我不玩了，你事太多了，找别人去吧。老子不伺候你了。

小懒：……

| 2007 年 10 月 3 日 | ☑

前年买的新房子终于定下了在今年年底收房验收，有装修经验的朋友们纷纷提醒，一定要在"五一""十一"时把所有材料都备齐了，因为这时各大装修建材城的活动多，折扣多，价钱便宜。

于是，木木和小懒开始了紧张的购买装修材料的日程。

几天逛下来，真正明白了什么叫作"买的不如卖的精"，同一个牌子的东西，价钱可以差上好几倍。小懒和木木齐心协力，即便是买一块瓷砖也要跟人砍个天昏地暗，飞沙走石。发展到后来，木木几乎红了眼，见谁跟谁杀价，到哪儿跟哪儿"杀价"。

去看电影——

木木：《太阳照常升起》两点半的有吗？

售票员：有的。

木木：多少钱？

售票员：每位四十元。

木木：便宜点咯，真是的，不是都二十块吗？

售票员：对不起先生，我们这里不讲价的。

木木：什么不讲价，肯定可以便宜的，二十块吧，好吧？

小懒：木木，不要这样了。电影院哪里能……

木木：你怎么胳膊肘往外拐，不帮我还去帮别人！

售票员：先生，我们这里真的不讲价。

木木（愤愤的）：切，不讲价就不讲价，别家又不是不能看。小懒，我们走，去别家。

小懒：您好，如果这位先生没事了，请给我来两张票。

售票员：啊，你们不是一起的？

小懒：不是，我不认识的。刚巧排在他后面。

木木：……

去肯德基——

木木：来一份全家桶！

服务员：请问还要别的吗？

木木：不要了。

服务员：先生，一共是六十四元。

木木：便宜点咯，五十九块好吧？

服务员：对不起先生，我们这里不讲价的。您说的是之前的价钱。

木木：什么不讲价，肯定可以便宜的，就五十九好了。

小懒：木木，这里是肯德基哎，不讲价的，你别给我丢人了。

木木（转头对着小懒）：哎呀你一边去！每次都是这样，我跟人一讲价，你就站出来帮外人。

小懒：……

服务员：不好意思先生，我们这里真的不讲价。

木木（理直气壮）：切，不讲价就不讲价，别家又不是不能吃。小懒，我们走，去别家。

小懒（镇定）：这位先生，如果您买完让开好吗？不要耽误别人的时间。

木木：……

| 2007年10月18日 | ☑

加班到很晚。

在周遭的女同事打着手机甩着包包往下走，嘴里喊着"宝贝，你到我们公司楼下了吗，哎呀，讨厌死了啦"的嗲里嗲气的打情骂俏声中，小懒看了下时间，十点三十七分。

木木这个时候在做什么？跟他发短信说"加班，回去比较晚"，他回"知道了"。跟其他女同事的老公或男友没有一点可比性，不会问"我来接你吧"，也不会问"你在哪里吃饭，要不要给你做饭"。短信给他传达的信息不外乎两点：第一，小懒回家晚，晚饭自己解决；第二，小懒回家晚，自己可以先睡。

虽然是小懒要求木木不要过来接，加班已经够累的，不要连累木木也跟着折腾。这样想着，骨子里还是希望木木主动提出接自己。哪怕是在地铁口接下也行啊。毕竟，从地铁口到单元楼没有直达的公交车，已经快深夜十二点了，一个人走过幽长的胡同还是需要一定的勇气的吧？而且，据说这个胡同里在晚上还发生过几起抢劫事件。这样想着，小懒给木木发了一条短信。

小懒：木木，你能接我下吗？

木木：你到哪儿啦？

小懒：我快到地铁口了。

木木：好的，没问题。我一会儿就下去。

小懒过于激动，完全忽略掉第二句话，出了地铁口就东张西望，翘首以盼地等待木木同学的到来。

十分钟过去了。

二十分钟过去了。

二十一分钟过去了。

二十二分钟过去了。

即便是爬着过来,也应该到了吧,小懒气势汹汹地正要给木木打电话,听到手机响。

木木:小懒,你在哪里啊?我等你半天了。

小懒:我也到了啊,你在哪儿呢?

木木:我就在咱们家楼下啊,你呢?

小懒:楼下?

木木:对啊,你不是说要我接你吗?咱们这楼里的音控灯坏了,我想你一个人上来,确实有点儿危险,万一看不清台阶,摔了怎么办。

小懒:我……谢谢你。

2007年10月24日 ☑

木木的朋友小奋爱上了一个女生。他不知道这个女生是不是也喜欢自己,表白吧,又怕人家拒绝;不表白吧,又怕失去她。于是召集了一帮损友,在小懒家开会给小奋出主意。

A:说不好听点,如果是我喜欢的,我宁可放长线钓大鱼,跟她一直保持暧昧关系,对她好,就是死活不说喜欢她,同时暗中观察她,逼她向我主动表白。这样,将来哥们儿的地位才会高。

小懒:真卑鄙,代表女性同胞鄙视你。

B:我一般都不用逼,也不说,女的喜欢你就会对你好,当她对你好,你又不拒绝,也不表白,她肯定会主动的,要知道,现在女生比咱们性子急。

小懒:真阴险,代表女性同胞鄙视你。

C:我不同意,爱情是需要争取的,是你的,如果你没有把握住,也会变成别人的;不是你的,不要强求就行了。再说了,什么地位不地位的,我恰恰觉得，表白是勇敢和真诚的表现，这样的男生才有魄力！

小懒：好样的！代表女性同胞赞扬你。

C：不过话说回来，我经常这样鼓励别人。到我自己身上就不行了，当初就是我女朋友主动向我表白的。咱有魅力啊，我一直都对她特好，然后突然有那么几天掉转方向，故意向别的女生示好……结果她一下子就急了，哈哈！

小懒（再也忍不住了，从座位上站起来）：你们都是一群什么人，哪个女生跟了你们纯粹是倒八辈子大霉，有你们这样算计女生的吗？还算是男人吗？

木木：小懒，你不要激动了，干什么？（使眼色，压低声音）给我点面子，（转向大家）你们继续啊？

C：呃，木木，要不咱去咖啡厅谈吧，咱们这里有女性代表，没法深谈啊。

小懒（尴尬）：喀喀，（哼，才不让你们得逞，我要继续探听对女生不利的情报）没事了，你们继续，继续啊。

小奋：哎，大嫂，你是女生，你最有发言权了，你当初和木木是怎么在一起的？

A：对啊，你们谁先告白的？

B：肯定是木木了，大嫂这么漂亮。

C：木木，你就招了吧。

木木（替小懒主动遮掩）：嗯，我追的小懒。

小懒（被人挑起心头刺）：哎呀，我要打扫卫生了，你们去咖啡厅聊好了。走吧，走吧，都走吧。

小奋（没完没了）：大嫂，说说嘛，到底怎么就在一起了？

C：你媳妇好怪啊，神经兮兮的。

小懒：……

晚上回来。

小懒（拧木木的胳膊）：你说，你是不是当初打定了主意放长线钓大鱼，跟我保持暧昧关系，对我好，然后暗中观察我，逼我向你主动表白？嗯，你是不是觉得这样你的地位就会高?

木木（痛得大叫）：不是的，我没有。

小懒（照着屁股踢了一脚）：你说，你是不是早就发现我喜欢你了，觉得我是个急性子，肯定会主动向你表白。

木木：哎哟！小懒，有话好好说啊，君子动口不动手。

小懒（继续逼供，扯着木木的衣领）：当初那个"230"，是不是你派来的？你故意找来对你好的女生刺激我，让我吃醋，让我着急，然后向你主动表白？

木木：不是不是不是绝对不是，老婆，你要相信我！我错了！

小懒：你错哪里了？

木木：我以后再也不在家里搞这种聚会了。

小懒：……

2007年11月16日 ☑

木木一向喜欢运动，每周末都要和朋友出去踢球，因此练出一副标准身材，全身上下没有一块赘肉，带领运营部足球队的同事们蝉联三年本公司的冠军，同时包揽了公司一年一度春季运动会百米赛跑、百米跨栏的冠军。又踢足球又没有赘肉的木木同学，离开学校那么久，平时走路也是健步如飞。搬重东西之类是一把好手，但也有让小懒头疼的时候。比如，小懒最不喜欢的事情，就是跟木木一起坐公交车。

木木和小懒准备过天桥坐公交车。刚迈上第一节台阶，身手矫健且双眼均为2.0视力的木木在第一时间看到了至少距离车站五百米开外的可以到达目的地的公交车。

木木（嘴里高呼着）：小懒，车来了车来了。

说完，木木如同澳大利亚的袋鼠一般，飞奔过天桥的正中央，飞奔过天桥上的一个个台阶，在小懒眯着近视眼探看是哪路公交车快要到站时，木木已经到了车站下，冲小懒挥舞着手说"快点啊！"。

在小懒气喘吁吁地跑到天桥正中时，木木同学已经拦住到站的公交车的门，对跑得上气不接下气的小懒喊着"小懒，快点啊，就等你了"。

车边一溜人向小懒投来复杂的目光。

眼见小懒赶上这辆车无望，也或许是木木担心车上的乘客和售票员向自己投来仇恨的目光，他终于松开了车门，沮丧地退到一旁。

木木：小懒，你能不能快点儿，每次都这么慢，错过多少辆车了？太耽误时间了。

小懒：可是……可是我哪里跑得过你啊，你跟个兔子似的，嗖的一下就没影了。

木木：自己慢吞吞，还找理由。

小懒：……

如此反复再三。发展到后来，感觉每次出去坐车，简直就是给木木开运动会表演似的，小懒好心累。终于，在一次因想要追赶上木木的速度而跑得岔气的小懒，选择了爆发！

小懒：你能不能不要这样，我觉得好累。

木木：拜托，是我累好吗？人家说，每个成功的男人，身后绝对不能有一个拖后腿的女人。你看，你都拖我多少次了。

小懒：那你去找个飞毛腿女人吧，她不会拖你后腿。可是我，真的不行了。每次看到你这样，我总会想，你说我们真的是夫妻吗？如果有什么灾难来临，你是不是也这样扔下我，一个人飞奔？

木木：小懒你想到哪里去了，不要上升到这么高的高度。我开玩笑的。

小懒（难过）：可是我没有开玩笑啊，我觉得，我们就像是灾难来临时的夫妻，大难临头各自飞。

木木：小懒，我再也不这样了，我以后一定慢慢陪着你走。错过公交车就错过好了，北京公交车虽然难等，但大不了多等一会儿就是了。

小懒：那你不嫌弃我拖你后腿吗？

木木：拖后腿也有拖后腿的好处啊，比如现在，你看，前面那个紫纱裙美女，身材真好啊，哈哈！

小懒：……

2008年1月7日 ☑

一直在忙房子装修的小懒和木木好累哦。

忙着选材料和装修，走了太多路，脚都快痛死啦。

小懒：木木，这里有一家养生馆，不如我们进去做个足疗吧？

木木（欣喜）：好啊，正好可以放松放松，享受享受，走！带着小懒一起去足疗！

刚进养生馆的大门，木木突然停下。

木木：小懒，还是改天吧，那个，我……突然想起还要加班，咱们回家吧？

小懒（不情愿）：搞什么，你明明答应了的。

木木：确实有事情嘛，改天，改天我一定带你过来……

小懒：好吧。

几天后。

木木：哎，小懒，走吧，我们去足疗，舒舒服服地让足疗师捏一下。

小懒（欣喜）：好啊好啊。

刚进养生馆的大门，小懒突然停下。

小懒：木木，还是改天吧，那个，我……突然想起还要加班，咱们回家吧？

木木偷偷把我拉到一边。

木木：小懒，你的袜子也破了一个洞吗？

小懒：你怎么知道？

木木：我前几天就是袜子破了个洞，怕一旦做足疗，脱鞋的时候被人看到尴尬嘛……

小懒：还真是夫妻同心。

2008年1月28日 ☑

关于《全世爱》，是个很矛盾的问题。在《最小说》中开始每期连载的《全世爱》，逐渐累积了些许人气，但是，也给小懒和木木增添了很多烦恼。

小懒：木木，你说《全世爱》我还要不要写下去哦？

木木：你想写就写呗，我又不会限制你。

小懒：可是《最小说》的读者调查表里，我的得票率起初不是很高呢……

木木：呃……那你还是不要写了。

小懒：啊，你也这么打击我？

木木：如果非要选择，你还是选择为难我一个人吧，就不要为难读者了。

小懒：其实也不是了，是个矛盾结合体……在读者最喜欢的榜里居中上，但是在读者最不喜欢的榜里，名列前茅……

木木（完全忽略掉后面的话）：啊，真的啊，那我是不是有很多粉丝啊？

小懒：这不是重点！

木木（双手握拳）：我要红我要红！

小懒：不过，话说回来，你要是红了，被全国人民都知道了，会做什么哦？

木木：红了啊……那我就做很多个木木玩偶卖钱啊。

小懒：木木玩偶？卖钱？可是买了有什么用啊？

木木：可以欺负他啊，可以当出气筒啊，心情不爽的时候可以摔一摔，揍一顿什么的……

小懒：你把自己定位得还真是准确，果然天生被人欺负的命。

木木：……

| 2008年3月2日 | ☑

木木心得：为什么周围的人都在看《最小说》，呜呜。

木木下班回到家，气鼓鼓的。

小懒：木木，你怎么啦？

木木（噘着嘴巴）：我同事笑话我。

小懒：为什么？

木木：因为你在《全世爱》里揭露我大学英语四级考了四次才考过，大家看了笑个不停。搞得我一点儿威严都没有了。

小懒：那我写你当年高考成绩好得不得了，清华、北大……还有其他国内外著名大学的校长哭着喊着求你去他们学校，这总成了吧？

木木：还是不要吧，打死人家都不会相信。

小懒：所以咯，（偷笑）是你要求太高了。

木木：《全世爱》里你还公布了我普通话不好的事情，好多人怀疑我是大舌头，特意跑过来验证。他们假装很关心地问我，你新买的房子是多少号？然后我就回答——幺饿零饿（1202）啊。

小懒：我这就发出郑重声明，你不是大舌头，除了我谁都不许欺负你！（话题一转）不过为了避免这种情况，你必须练好普通话，我决定从今天开始对你进行培训，一直到你发出正确的"2"的音为止。现在跟我学——"2"！

木木：饿！

小懒：2！

木木：饿！

小懒：跟我学——儿子，我是老爸的好儿子。

木木：蛾子，我是老爸的好蛾子。

小懒：……

木木（坏脾气爆发）：我再也不要理你了……

还是普通话的问题，关于咸鱼——

和朋友聚餐，讨论起喜欢看哪类书的话题。

A：我喜欢看穿越类的。

B：我喜欢看青春校园类的。

木木：我喜欢看咸鱼类的。

众人（异口同声）：什么？

木木（很认真）：咸鱼类的。

众人（迷惑）：咸鱼类的是什么？最近新兴起的题材吗？

木木：不是啊，就是咸鱼类的，充满了很多咸鱼……

众人：充满了……很多……咸鱼？

木木急得抓耳挠腮，求助地看着小懒。

小懒：呃……他说的是悬疑类题材的图书。

众人：……

| 2008年3月5日 | ☑

小懒心得：小懒应该学会海南话！

木木的爸爸妈妈——呃，也就是小懒的公婆最近又不远万里来跟我们一起居住。两年没有回老家的木木又被亲情包围啦，幸福得像个孩子。只是苦了小懒，天天听着叽里呱啦的海南话，一旦木木这个翻译不在，小懒和公婆简直无法沟通。

一天，下雨了，公婆逛街回来。

小懒：老妈，有没有淋到雨？

木木妈妈：兜密啊（什么意思啊）？

小懒：呃……我是说，你们有没有淋到雨？

木木妈妈：密酿（是谁啊）？

小懒（气短）：下雨了，你们出去淋到雨了吗？

木木妈妈：鲁兜密啊（你要做什么）？

小懒（转向公公）：老爸，木木去做什么了？

木木爸爸：去下蛋了。

小懒：什……么？

木木爸爸：去下蛋了。

小懒（给木木打手机，关机。转向婆婆）：呃，我是说，木木去哪里了？

木木爸爸：去下蛋了。

小懒：……

良久，木木终于回来。

小懒：你去哪里了？

木木：去车站了，给老爸老妈办两张公交卡。

小懒：海南话，车站怎么讲？

木木：下蛋啊。怎么啦？

小懒：没事……没事……

木木妈妈：&*%￥￥#@&？#￥@#%……&￥#%&？

木木：就是你们身上有没有被雨水打湿。

木木妈妈：哦，（站过身来，对着小懒）&&…………%%￥￥&Y##@！

小懒：老妈在说什么？

木木：她说谢谢你关心，带伞了，没有被淋湿。

小懒：心累……

（小懒注：后来，木木爸爸和木木妈妈回到了海南，把这件事讲给木木的七大姑八大舅听，大家笑个不停。笑完之后，他们给木木妈妈起了个绰号，叫——"淋到雨"。木木妈妈走到哪里，这个绰号就被叫到哪里。）

| 2008年3月6日 | ☑

写了《全世爱》后,陆陆续续地有人在"时光"里给小懒留言,而最多的留言是——你不要再欺负木木了!看来——木木的人气着实比小懒高多了。为了洗刷清白,小懒在这里要讲一下木木欺负小懒的事情!

No.1 木木把小懒扔在了大街上

木木喜欢逛街,尤其喜欢砍价。而且,不管这个东西买或者不买,他都要逐一看个遍。如果给他充裕的时间,他可以砍到天昏地暗飞沙走石时光倒流……而小懒逛街喜欢痛快地砍价然后买东西走人。于是……矛盾出现了。

木木:我最不喜欢我砍价的时候你在我身边,严重影响我发挥!

小懒:我最讨厌你没完没了地砍价……差不多得了,我站得好累。

木木:不砍价哪里有成就感?物价在上涨,不砍价怎么攒钱,不砍价怎么还房贷?

小懒:那也不至于这样啊。

小懒很生气,于是转过身向着和木木相反的方向走去。慢吞吞地走了两分钟,也没见木木追上来。等到转过身,木木早就不见了。

小懒往回走到原地,依然不见木木的身影。打电话?太……丢人了吧。小懒坐在旁边的石阶上,等了半个小时,依然不见木木的影子,只好自己坐车回家。

小懒:你为什么抛下我走掉?

木木:是你先转身走的。

小懒:你不觉得自己有错?

木木:我哪里有错?我回到商场买好装修的材料送到房子那里,你跟我生气跑回家,我有什么错。

小懒:就算我有错,你也不该把我扔在街上……

木木:反正你认识回家的路。

小懒：……

木木脾气很倔强，他认准的事情，九头牛都拉不回来。而夫妻之间，贵在包容和理解吧？小懒这么想着，如果不能改变他，那就改变自己好了。

三天后的一天，MSN 上突然弹出木木的消息。

木木：小懒，我错了。

小懒：什么？

木木：我那天不应该把你扔在街上。

小懒：怎么突然想到这个？

木木：我今天去餐厅吃饭，突然想到我那天太过分了，不该那样对老婆。对不起啊，老婆，是我不好。

小懒：木木，你……喀喀，还真够后知后觉的。

木木：还有，我今天看到同事的老婆了，好难看啊，对自己老公还那么凶狠。还是小懒好，我以后要好好珍惜你。

小懒：……

No.2 关于踢球的事情

木木几乎没有任何不良嗜好，除了踢足球。按说，踢球本来是好事，既可以锻炼身体又可以娱乐消遣。但我们争吵得最厉害，并且导致小懒哭得最伤心的一次，就是踢球引起的。

小懒：木木，我约了搬家公司明天下午两点搬家，上午你去超市买十个箱子，再把木床和饮水机卖掉，然后把你的衣服打包，杂物也要收拾好。还有，要把咱们家两千多套书整理一下装箱……

木木（语气平静）：哦，我明天九点去踢球。你自己收拾吧。

小懒：什么？

木木：我会尽快回来的，你自己收拾吧。

小懒：拜托，我们是要搬家啊，我一个人怎么收拾？

木木：可我们是决赛哎，我是队长不能不去。

小懒：那我一个人收拾整个房间？这么多东西，下午两点搬家公司就要过来……

木木：我只是半天不在而已。回来了还是会跟你一起收拾的嘛。

小懒：不能不去吗？

木木：不能。

天亮的时候，木木起床，换好鞋子出了门。小懒在被子里哭了一会儿，爬起来跟搬家公司修改了时间，然后去超市买箱子，十个拿不动，只好跑两次。再去旧货市场，找人过来买床，并讲好价钱。接着，面对堆成山的整个房间里的杂物，边哭边收拾。

中午，木木回家，看着杂乱不堪的场面，沉默好久。

木木：知道自己哪里错了吗？

小懒（流着眼泪，露出因收拾房间而黑乎乎的脸，惊讶）：我错了？

木木：在我踢决赛的时候你居然不让我踢球，反思好了吗？

小懒：……（老娘跟你拼了！）

这唯一的一次不让木木踢球的经历，在之后的同学聚会上，有人问木木是否还踢球时，木木如此回答："踢啊，只是，总要和我老婆做斗争，她老不让我踢。"

木木，这件事情，你到现在为止也依然坚持自己没有错，和同事、朋友谈笑时还会继续抱怨我不让你踢球——我其实，真的很难过，到现在也很难过。

第十二章

| 2008年3月7日 | ☑

　　房子装修进行得如火如荼。听说对装修的工人好，他们才不会做什么手脚。因为绝大部分的钱被包工头拿走了，真正干活的装修工人一旦受到了不公平的待遇，就会针对房主的房子泄愤。木木和小懒平时要上班，不能天天当监工，周六周日那两天根本看不出什么，只好采用了赞美、贿赂等策略讨好工人。

　　可是，小懒觉得木木好贱哦（木木：同贱同贱）。

　　木木（拍瓦工师傅的马屁）：哇，钱师傅您的砖贴得好好哦，又直又紧凑。真漂亮，技术也好好哦……

　　小懒（拍油漆工师傅的马屁）：哇，李师傅您的技术真好，这漆刷得好平整啊，又细心又全面。

　　木木（屁颠屁颠）：师傅您别动，我来倒垃圾。

　　小懒（屁颠屁颠）：师傅您别动，我来接水，要多少？一桶吗？

　　木木（讨好）：师傅您吃个苹果吧，干活儿太辛苦了。

　　小懒（讨好）：师傅您吃个橙子吧，都干了半天活儿了。

　　木木（贱兮兮）：师傅您比隔壁家的工人专业多了。

　　小懒（贱兮兮）：师傅，最近天还稍微有点儿冷，不能穿短袖。您多穿点儿千万别感冒。

隔壁邻居：这家主人还真是放心，房子装修这么久了，都不过来看看。（指着全身上下脏兮兮的木木）师傅，你哪个装修队的啊？这房子装完，你们收多少钱？

小懒：……

2008年3月9日 ☑

木木给招商银行打电话。

木木：你好，我办了招商银行信用卡的装修贷款，想确认下还款明细。

接线员：好的，没问题。在帮您查询具体明细前，请回答我以下问题好吗？

木木：好的。

接线员：请问您的姓名是？

木木：×××。

接线员：请问您的卡号是？

木木：××××××。

接线员：请问您的工作单位是？

木木：××××××。

接线员：请问您的户口所在地是？

木木：北京。

接线员：请问是北京哪里呢？

木木：海淀区。

接线员：请问是海淀区哪里呢？

木木（终于不耐烦）：你们没有必要问得这么详细吧？

接线员：先生，我们这是为了保证客户的账号安全，请您配合我们好吗？

木木：好吧。

接线员：请问是海淀区哪里呢？

木木：海淀区××××××。

接线员：请问您的紧急联系人的名字是？

木木：苏小懒。

接线员：请问您的紧急联系人的电话是？

木木：××××××。

接线员：请问您的出生年月日是？

木木：××××××。（抢先回答）我是双子座的，B型血，视力2.0，喜欢吃鱼，不能吃辣的。是公司足球队的队长，每周都要踢足球，球衣号码是11号。嗯，对了，我还喜欢三国游戏，但是我老婆不喜欢我玩，因为我玩游戏就不怎么跟她聊天。你说为什么女生会那么烦男生玩游戏呢？我还想着哪天把她教会了，省得天天唠叨我。但是她太笨了，老学不会。

接线员：……

木木：哦，对了回到正题，请问你给我打电话有什么事情吗？

接线员：……

| 2008年3月11日 | ☑

中午吃的萝卜排骨汤。下楼梯的时候，木木放了一个屁。

木木：小懒，我觉得屁这样被放掉，好可惜啊。

小懒：这有什么好可惜的，屁又不能做什么。

木木：切，你个文盲，怎么不能做什么。我告诉你，如果积攒到足够数量的屁，是可以燃烧的。

小懒：为什么？

木木：因为屁平均含有59%的氮气、20%的氢气、9%的二氧化碳、7%的甲烷和4%的氧气，还有大约1%的硫化氢、氨及其他物质。

小懒：这又怎么样？

木木：你化学学得真不好。氢气和甲烷都是可燃气体啊。当屁中的这些可燃气体达到一定浓度，就会燃烧，甚至爆炸。

小懒（不屑）：我才不相信呢，你少骗我了。

木木：不信你就上网查查嘛。我记得上化学课老师讲过啊，你真不知道假不知道啊？

小懒：我化学从来就没有上过四十分。但即便我化学不好，你也不能这么蒙我啊。

小懒打开电脑，在百度查关于屁的知识——

人在吃食物时，由于消化道正常菌群的作用，产生了较多的气体。这些气体，随同肠蠕动向下运行，由肛门排出。排出时，由于肛门括约肌的作用，有时还产生响声。所以，放屁是肠道正常运行的一种表现。相反，如果不放屁，或放屁过多过臭，则为一种异常现象。通常我们放出的屁的温度大约为37℃，速度大约为3.05米/秒，大多数人一天放屁14次。

同时，屁是一种危险的气体，其所含的氢有时会高达47%。因此，科学家提出告诫，放屁的时候要严禁烟火，一丁点儿火花都可能引起爆炸。这绝不是耸人听闻。国外有一则报道，在一次肠道手术时，因电手术刀工作时短路产生电火花，使病人肠道内溢出的屁发生爆炸，炸掉了一段肠子。

所幸的是，屁中的氢并非总是保持在引爆的临界值，而且进入空气的屁又会很快被稀释。同时，也很少有人刻意去引燃它，所以，在通常情况下我们不用因为放屁而担心屁股着火。

但在某些特定的场所，对屁仍不能掉以轻心。比如在航天飞船上，宇航员放屁就有可能引起火花，其后果不堪设想。为此，美国国家航空宇航局为了解除隐患，还专门设立课题，划拨经费，对屁进行全面、深入、系统的研究：摄食何种食物，才能使宇航员在飞行的过程中少放屁，以防患于未然。在网上，有视频表明，一人在坑道内对几米远点燃的蜡烛放屁，结果像火焰喷射器一样，一条火龙喷射而出，火光明亮。

小懒：哇……这个屁，还真是，还真是！！

木木（得意）：我说的没错吧？你说，屁这么厉害，如果我们把所有的屁都收集起来，啧啧，多么天然又廉价的资源啊，可以做很多事情呢。

小懒（不以为意）：就算是可以做很多事情，那我问你，怎么收集？

木木：这有什么难的。我们可以发明一个屁的收集设备，简单小巧又方便携带。最好，可以直接挂在内裤里，只要一有放屁的冲动，这个设备就会自动开启，把屁自动收集到这个设备里。

小懒：算你狠……好吧，就算收集起来，你能做什么用？放烟火？还是点蜡烛，还是把所有人的屁都汇合起来做成火箭的燃料？

木木：不见得那么麻烦去做火箭的燃料啊，完全可以取之于民用之于民嘛。比如说，这个设备，除了收集，还可以把生物能源转化为电源……到时候，如果谁的手机没电了，没信号了，把设在内裤上的 USB 接口一插，哇……就可以给手机充电什么的。

小懒：被你彻底打败了。

2008年3月15日 ☑

房子装修进入了尾声。小懒和木木开始准备房子内的家具和电器。今天"3·15"，是各大电器商城疯狂打折和做活动的最佳时机。

有人买东西，喜欢货比三家。木木买东西，是货比七八家。他要把附近所有的电器城逛个爽，逛个透，然后筛选出最物美价廉的两三家进行选择。所以木木买东西，第一天是用来逛的，第二天才是用来买的。所以在摸透木木这个习惯后，为了节省时间节省精力，基本上第一天小懒是不去的，在第二天时才跟他一起去"抉择"到底买哪一家。

在"某中"电器城。

木木：这个洗衣机最低价是多少？

店员：您要诚心买，四千二百块我马上给您开单。

木木：太贵了吧？你们家隔壁的"某美"电器城才卖三千八百块，跟你同一款同一个型号。

店员：不会吧，我们这是统一标价啊，先生。

木木：这我骗你干吗，算了，小懒，走，我们去隔壁买。

店员：先生您别急，这样，我也算您三千八百块好了。

木木：同样的价格，我为什么一定要在你家买呢？

店员：这样，我送您一台加湿器，怎么样？

木木：还能再便宜吗？

店员：真的不能了，这是出厂价，因为节假日我们有销售任务，要不然这个价格你在任何家都买不到。

木木：真的不能再便宜？

店员：真的不行了。

木木：好吧，那你给我开单好了。

店员开了销售单交给木木。

小懒：木木，我们不是去收银台交款吗？你带我去哪里？

木木：现在交什么款，先跟我去"某美"电器城。

小懒：你要干吗？

木木：到了你就知道了。

在"某美"电器城。

木木（拿着销售单给店员示意）：你昨天跟我说你给我的这台洗衣机的价格是全北京最低价，谁家都不可能给这个价。但是刚刚"某中"电器城给了，人家还送我一台加湿器。

店员（拿过"某中"电器城开的销售单认真看）：不可能啊，这帮家伙，太过分了。他们不仁，也不要怪我不义了。先生，我再给您减二百块钱，我不但送您加湿器，我还送您一个电炒锅。怎么样？

木木：是最低价吗？

店员：这要不是最低价，我马上辞职走人。

木木：成，那你给我开单，我去交款。

店员给木木开了销售单。

小懒：木木，我们不是去收银台交款吗？你带我去哪里？

木木：现在交什么款，先跟我去"某中"电器城。

小懒：不是吧？还要比啊？

在"某中"电器城。

木木（拿着"某美"店员开的销售单给店员示意）：你刚才跟我说是最低价，但刚刚"某美"比你便宜二百块钱呢，人家不但送加湿器，人家还送电炒锅呢。

店员（咬牙切齿）：还让不让人活了，我今天跟他干上了。先生，这是我们的记账单，三千六百块确实是最低价，这样，我也算您三千六百块，我不但送您加湿器、电炒锅，我还送您一套餐具。

木木：真的不能再低了吗？

店员：这要不是最低价，您去我们店长那里投诉我。

木木：成，那你给我开单，我去交款。

……

"某美"电器城店员：我不但送您一加湿器、一电炒锅、一套餐具，我还送您一电熨斗。

"某中"电器城店员：我不但送您一加湿器、一电炒锅、一套餐具、一电熨斗，我还送您一厨房刀具五件套。

"某美"电器城店员：我不但送您一加湿器、一电炒锅、一套餐具、一电熨斗、一厨房刀具五件套，我再送您一对保温杯。

"某中"电器城店员：我不但送您一加湿器、一电炒锅、一套餐具、一电熨斗、一厨房刀具五件套、一对保温杯，我还送您两瓶大可乐。

"某美"电器城店员（仰天长叹）：经理，你总是找不到"某中"电器城和我们的差距在哪里，现在我终于知道了，咱就差在两瓶大可乐上啊。好吧，我输了。

小懒：……

打车回家的路上。

木木（喝着可乐）：真是好有收获的一天哦！

| 2008年3月23日 | ☑

　　小懒的妈妈打电话来,说小懒的哥哥的同学因为干活儿偷懒被厂长扣了一百块钱。为了泄私愤,点了火把工厂烧了,被判了八年有期徒刑。

　　说完这个小懒妈妈唏嘘不已,因为小懒哥哥和这个同学大概在七八岁的时候,就曾经淘气地把小懒家的房子点着过,只是发现早,没有造成损失。二者当然没什么关联,或许只是巧合,不过被小懒妈妈这么一说,还是有点儿难过,这个人小懒也认识,小时候他还给小懒买过雪糕。

　　木木在一旁心无旁骛地打游戏,这个和小懒的哥哥同岁的大男孩,显然没有察觉到小懒情绪的变化。

　　小懒:木木,你小时候淘气吗?

　　木木:当然了,谁小时候不淘气啊。

　　小懒:你都做过哪些淘气的事,跟我说说。放火?堵过邻居家的烟囱?还是偷过……

　　木木(心不在焉):什么,我就是小时候嘴馋点。想起来了,我记得有一次,刮台风,家里断水又断电,就我和老姐在家,没吃的。后来突然闻到一股香喷喷的味道,打开门一看,是隔壁邻居在煮皮蛋瘦肉粥。

　　小懒:这有什么啊?哪个小孩子嘴不馋。

　　木木:不是了,我忍不住,就扒着他家的门缝,可怜巴巴地看。结果被他们看到,就打开门给我和我姐一人盛了一大碗,现在想想还觉得好香。

　　小懒:哦,原来你从小就有要饭的天赋啊。

　　木木:……

| 2008年4月6日 | ☑

　　小懒是个焦虑狂,如果出现什么事情打乱了计划,就心急、躁狂不安、失眠多梦,看什么都不顺眼。木木则是个乐观的人,整日里没心没肺,知足常乐。

木木：老婆，房东通知我们这个月得搬家。他要把房子卖掉。

小懒：啊，我们怎么办？

木木：我们的新房子差不多五月初也可以搬进去了。别急。

小懒：可是你不是说，新房子装修还得散散味道吗？

木木：已经放了一个多月了，应该没事。

晚上。

小懒忧心忡忡，一夜没睡。要去租房吗？中介租房只肯租一年，不肯租短期，而且还要中介费，太不划算了。如果搬进新房子，又有装修后残留的味道，对身体不好怎么办？现在北京看病好难的，听说深夜一点多就要爬起来排队。这可怎么办？

翌日清晨。

木木（快活）：老婆，我去上班啦！

小懒：木木，你没事啦？看上去心情不错啊。

木木：啊？有什么事让人不开心吗？好啦，我去上班了，记得晚上给我做好吃的。

小懒：……

| 2008年4月15日 | ☑

新房的电器陆续就位，今天电器城又把液晶电视送过来了。小懒和木木斜靠在沙发上，环视着整洁的新居、崭新的电器，不由得感慨颇多。

木木：有自己的家真好。

小懒：嗯，以后再也不用寄人篱下，再也不用担心房东涨房租或者解约了。

木木：小懒，我好喜欢这台电视。

小懒：我也很喜欢。

木木：你知道吗？我这次坚持买这么大的，是有原因的。

小懒：什么原因？

木木：我一直都想买个大些的电视。租房的时候，房东提供电视，买新的浪费。我现在还记得，在我五六岁的时候，家里还好穷，买不起。后来听说我同学家买了一台，我就天天想着去人家家里看。

小懒：那就看吧，你同学应该不会那么小气不让看吧。

木木：说是这样说，但是人要有自知之明，你不能每天都去啊，次数多了肯定会烦的。

小懒：那怎么办？

木木：是啊，开始的时候我特别发愁，不过后来总算想了一个好办法。

小懒：什么好办法？

木木：我小时候最喜欢看《恐龙特急克塞号》，我有两个同学家里最先买了电视，而且离得也不远，中间隔了四五户人家。我观察好地形后，就假装跟小朋友打闹，"嗖"的一声从同学门口跑过去，然后脑袋对着他家的客厅，看有没有开演。如果开演了，我就趴在他家窗户底下看一会儿。

小懒：还真是辛苦。

木木：但是也不能老趴着看。看一会儿，又"嗖"的一下再接着往前跑，去另外一个同学家看。就这样跑来跑去，把整个《恐龙特急克塞号》看完了。

小懒：难怪你现在跑那么快，原来是从小锻炼出来的。

木木：……

| 2008年4月18日 | ☑

同木木的妈妈着实不能沟通。小懒听不懂海南话，木木妈妈听不懂普通话，每次说话，重复三遍她也不明白小懒到底在讲些什么。

小懒：妈妈，刚刚木木打电话，说现在从公司出发。

木木妈妈：兜密啊（什么意思啊）？

小懒：木木现在从公司出发，回来吃饭。

木木妈妈："出——发"，兜密啊（什么意思啊）？

小懒：嗯……就是从公司出发，往家里走。

木木妈妈：不懂你在讲什么。

……

木木回来后。

木木妈妈：出发——兜密啊？

木木（说叽里呱啦的海南话）：＃￥%&*&&**。

木木妈妈（频频点头，转向小懒）：你说他坐车回家我就懂了嘛。"出发"的意思，不懂。

小懒：……

晚上睡觉前。

木木（语重心长）：小懒，你还是学海南话吧。老爸老妈年纪比较大，学普通话肯定很难了，现在就只好指望你了。

小懒（无奈）：好吧。

木木：那我每天教你几句，慢慢地你就掌握了，积少成多嘛。

小懒：行。

木木：从今天晚上开始。你想学什么？

小懒："木木老是欺负我，老妈你帮我教训教训他"怎么说？

木木：……

小懒："消失"怎么说？

木木：……

小懒："你给我消失"怎么说？

木木：……

| 2008年4月25日 | ☑

木木心得：出来混，早晚要还的。

木木的姐姐来北京游玩。除了周末陪着她逛景点，逛故宫、爬长城……周一到周五晚上下了班，还要继续陪她逛商场。真是累得木木瘫在沙发上，动弹不得。

木木：累死了，爸妈过来时，这些逛了一圈，你过来又一圈。说什么我都不去了，你自己看着转悠吧，回头我买单就是了。

木木姐姐：这才转到哪儿你就嫌东嫌西的。再说了，这也是你应该的。谁叫我以前尽吃你的苦头。现在你成家立业了，还不赶紧好好报答报答我？

小懒：姐姐，你吃过木木什么苦头啊？一副苦大仇深的样子。

木木（心虚）：没有啦，你听她乱讲。

木木姐姐：怎么没有，咱俩小时候哪次不是你出坏主意，怂恿我去做？回头爸妈一问，你就主动检举揭发我，害得我老被爸妈揍。

小懒：呃，他还有这本事啊？他都怂恿你干什么坏事了？

木木姐姐：多了去了。比如，小学的时候，木木跟我说，老姐，我发现咱妈兜里有五块钱，咱去拿了买雪糕吃吧。然后我就傻傻地去拿钱，买了雪糕分着吃。后来被老妈发现，因为他主动检举揭发，老妈就揍了我一个人。

小懒：这……

木木姐姐：还有啊，木木跟我说，姐，咱家柜子里有两袋奶粉，你拿来咱俩吃吧。我就傻傻地去拿，结果快吃光的时候被老爸发现，那是买来给奶奶补身体的。结果……

小懒：结果他说被你冲掉喝了？

木木：姐……你别说了，你爱去哪就去哪，我陪着就是了。

小懒：……

2008年5月8日 ☑

换季了。逛外贸店的时候，小懒在店员极度的夸赞下很快就失去了理智，办了会员卡，还买了一堆衣服。等到结完账提着满满四大手提袋往家赶的时候，终于稍微恢复了一些理智。

又买这么多东西，回到家会被木木骂的。怎么办啊？先藏起来？说是去年买的？不行吧，这一招用过好几次了。而且，这次目标太大了，好难藏。可是可是……离家越近，小懒的步子也越发沉重。

快到家的时候，收到了外贸店的短信：尊敬的新会员，刚刚看到5月7日，也就是昨天是您的生日，您可以凭此短信，在一周之内，来我店领取精美礼品一份。

欸？昨天是我身份证上的生日啊？自己都忘记了。小懒兴奋得不行，这简直是救命草啊。

到家后。

木木：小懒，你怎么了，好像很不开心的样子。

小懒：我有什么好开心的。

木木：到底怎么啦？说话也这么阴阳怪气的。

小懒：我问你个问题。是不是我在您心目中，一点儿地位都没有？

木木：你在抽什么风，谁招惹你了？

小懒：你快点儿回答我。

木木：你当然是我生命中最重要的人了，你是我老婆啊。

小懒：既然这样，为什么你连我的生日都不记得？没有礼物也就罢了，都过去一天了也没想起来。

木木：你的……生日？昨天吗？

小懒：是。

木木（愧疚）：小懒，我对不起你。哎，走，现在去蛋糕店，老公给你买生日蛋糕。

小懒：我就知道你心里没我。

木木：我不是故意的，这阵子装修房子，实在太累了，别生气，我们现在就去买蛋糕。

小懒：唉，算了，无所谓了，我才不在意什么蛋糕不蛋糕的。我在意的是，你心里到底有没有我。

木木（频频点头，低声下气）：就是，我老婆哪里是在乎蛋糕的人。

小懒：好了，吃饭吧。

两人各怀鬼胎地吃饭。

饭后。

小懒（不动声色地拿出衣柜中的衣服，逐个试穿）：木木，好看吗？

木木：这是你今天买的？

小懒：对啊，好看吗？

木木：你买了这么多？不是吧？我们还在还贷款哎。

小懒：忘记老婆生日的人，有什么资格挑剔老婆买衣服的数量？

木木：……

后　记

全　世　爱

---

❶

每个人都曾经憧憬过自己的爱情。

美好的，甜蜜的，浪漫的，温馨的，快乐的，幸福的，荡气回肠的。

——爱情应该就是这样的，否则为什么还要在一起。

❷

小时候看《恐龙特急克塞号》，觉得克塞真是世界上最有魅力的男子，嫁给他就像穿了一件软猬甲，刀枪不入。他不会让心爱的人受到任何伤害，所以从这个角度来说，克塞是最佳男友的不二人选——没有哪个男子给予女生的安全感可以大过他。

后来跟着大人看了一堆古代帝王的电视剧，觉得嫁给皇帝才是最幸福的事情。当然了，嫁给了高高在上的君王，如同得到《葫芦娃》里蛇妖手中的"如意簪"，喊声"如意如意，顺我心意"，不论你有什么愿望，一句话轻松搞定。

再后来，看李雪健主演的《搭错车》，又把"其貌不扬、老实巴交、沉默寡言，但死心塌地对你好"作为未来男朋友的必要条件。现在想想，应该是李雪健的表演过于入木三分，才导致我产生了这样"屈就"的念头。因为他扮演的孙力实在是一个老实得近乎窝囊的男人，叫人提不起半点儿兴趣。

《巴黎恋人》里的韩基柱，《浪漫满屋》里的英宰，美剧《越狱》里的迈克……这么细数着，发现大量的影视剧作品成了影响自己爱情观的主要因素。

❸

刚和木木在一起的时候,多少还是有些委屈。这个在遇到小懒之前没有谈过一场恋爱的阳光大男孩,在同小懒正式确立恋爱关系的当晚,因为结束多年的单身生活,伏在小懒的肩头哭泣了好久。

没有一点恋爱经验。

从不主动道歉。

时常因为女友的坏脾气离家出走。

讨厌女生撒娇。

有点小洁癖。

绝对的大男子主义。

绝对的童心孩子气。

只要两人一起出门就抢在前面,躲到停着的汽车或者楼房后面跟你捉迷藏,直到让你找到他为止。

……

以上是闭着眼睛也能够一一列数的木木的"优点"。

❹

给予女生的安全感大过任何人的无敌克塞,只爱他的阿尔塔夏公主。

古代帝王里,哪个都拥有着庞大的后宫佳丽。所谓的"如意簪"——不是仅仅"如"你一人的"意"。

《搭错车》里的刘之兰终于明白孙力对自己的爱,明白了"看一个人是不是爱你,不是看他给你多少,而是看他是不是有多少就给你多少"这个道理时,时光已无法倒流,她再也回不到最初。

……

那些勇敢的、高贵的、完美的、帅气的、至高无上的、威力无边的、朴实善良的、成熟霸道的、气宇轩昂的、玩世不恭的、狂野不驯的、深情执着的……一个又一个深入人心的屏幕形象,没有一个是属于你的,也没有一个是适合你的。

不要指望现实生活中，可以找到他们的原型。

也不要期待他们的可复制性。

❺

我曾经听人说，每个人的心里都住着一个小孩，当他睡着时就会显现这个小孩最真实最原始的状态。

比如睡着时眉头依然紧皱的，一定是心事重重且至少是悲观主义的。

而木木是只要睡着嘴角都在笑的人。

甚至在他睡着时，用什么东西打一下，即使是惊扰到了他的美梦，他仍然会浑然不觉地傻笑一通，继续翻身睡去。等到第二天问起，几乎一概不知。

他就是这样乐观的、没有任何心机的，在自己的爱人面前依然固执地坚持着自己的信念和原则的人吧。

在一起那么久，经历了太多的风风雨雨后，木木对我而言，是——

彻底熟悉我的脾气秉性甚至能在我开口之前说出我想法的人。

被我任意欺负，忍受我的坏脾气和任性后，依然可以咧着嘴巴大笑的人。

是在发现我的心情稍微不好就会察言观色贱巴巴地随意供我指使哄我开心的人。

是在我的任性超出他的忍耐极限会一晚上都不搭理我但第二天又忘记得干净彻底的人。

是在只要转头凝视他就会做出各种各样的鬼脸并等待我回应的人。

是从不把烦心事带到家中，只要进了家门就会笑眯眯的人。

是在家中电器出现问题导致我焦虑、抓狂时，一声不吭拿出工具几下就会搞定的人。

是从不看肥皂剧只看足球和纪录片，但在我的影响下已经能将剧情分析得头头是道的人。

是和我的父母也能煲很久电话粥的人。

是彻底改变了我生活的人。

是在商场看到汽车玩具就忍不住想买的人。

是在公共汽车上主动让座的人。

是在看到灾难报道对着电脑几次偷偷掉泪，每月还着高额房贷依然分几次去捐款的人。

是乐观的人。

是正直的人。

是善良的人。

是勇敢的人。

——是永远都要在一起的人。

❻

写《全世爱》的过程中，木木给了我很多灵感。

在写《全世爱》的过程中，每当遇到阻碍，我随便想起一个乱七八糟的问题提问，他随便就能给我回答一个同样乱七八糟叫人哭笑不得的答案，这些你们在《全世爱》里也都看到了……当然不是故意这样回答的，我和你们一样，很想扒开他的脑袋看看里面到底装了些什么。

感谢木木。尤其是在赶《全世爱》稿子的时候，新房正在装修，木木几乎包揽了所有的事情全力支持。所以你们现在看到的文字，是小懒牺牲掉了和木木一起置办新家的时间完成的。

木木。

其实我真的有太多的愧疚，太多的感谢，太多太多的话想要说给你听。

可是又突然哽咽，不知道究竟怎么表达才好。

但是我相信，你会明白的。就像明白我整个人一样。

❼

我从来没有想到自己会出版这样一本书。

——我有些把握不太准，应该用什么样的语句来阐释"这样"这个词语所包含的意味：

让那些素未谋面的人读到时窃笑不已，对自己的私生活百般猜测并增添各种想象的一本书；让那些熟悉自己的人看到后当面朗读，同时夸张地调侃着不知道是真的贬损你还是另有他意的话——"哟，真是无所不用其极，都拿这个来赚钱了"的一本书……

虽然也做了大量的文字加工，毕竟还是有些私密的。

如果是这样，这本书的名字应该叫《我和木木不得不说的事》。

或者别的八卦的名字。

所以一直担心别人会说些什么。

——我的内心还没有强大到听到或看到各种各样的关于辱骂、嘲讽、造谣……还能保持平静并无动于衷的状态。

所以——

如果你喜欢这样的文字，并且刚好买到了，那么谢谢你的阅读。

如果你对这样的文字深恶痛绝，也没有办法勉强，依然要谢谢你的尊重。

如果给你带来了更多的欢笑和思考，那么谢谢你的欣赏。